KB213815

추억 속의 그 집

손영란 수필집

작가의
말

올 여름은 많이 더웠습니다. 백 년 만의 더위였다는 여름 동안 나의 가장 깊은 곳을 드러내는 일을 시작했습니다.

무의식 속에 묻혔던 기억들이 심연의 공기 방울처럼 올라왔습니다. 책을 준비하면서 까마득히 잊었던 유년의 나를 만나기도 했고 고마운 분들을 다시 떠올릴 수 있어서 감사한 시간이었습니다.

실타래처럼 올라오는 추억들을 마주하니 현재의 모습도 보입니다. 살아오면서 깨달은 것이 있는데 지나간 날들은 대부분 그리움으로 다가온다는 것입니다. 사노라면 앞으로도 또 다른 그리움이 가슴에 담길 것이라고 생각합니다.

어느새, 아침저녁 찬바람이 불더니 가을이 찾아왔습니다. 책을 만나는 올 가을이 오랫동안 기억나는 계절이 될 것 같습니다. 그리고 항상 내 편이 되어 주는 가족들에게 사랑한다고 말하고 싶습니다.

2024년 가을 손 영 란

차례

제1부 겨울 단상

겨울 단상

|

　밤새 눈이 내린 모양이다. 아파트 주차장의 자동차들이 하얀 눈을 뒤집어쓴 채 세워져 있다. 느긋하게 아침 식사를 하고 커피를 내렸다. 거실 창 쪽에 놓인 탁자에 앉아 내리는 눈을 바라보며 커피 한 모금을 마신다. 입 안 가득 진한 커피 향이 코로 밀려오고 창밖 눈은 내 시야로 밀려온다. 아니, 온통 시야에 가득하다. 하얀 눈송이는 바람을 타고 흩날린다. 나는 그림을 감상하듯 가만히 내리는 눈을 주시한다.

　주차장으로 택배 트럭이 들어온다. 눈길을 기어 오는 듯한 트럭을 보고 나는 커피잔을 탁자에 내려놓는다. 이 눈 속에 택배 배달이라니. 두껍게 눈을 뒤집어쓴 채로 느릿느릿 주차하는 트럭.

간신히 세운 차에서 젊은 청년이 내린다. 청년은 내리는 눈을 맞으며 배달할 상자들을 내린다. '저 많은 상자를 이 눈 속에 언제 다 배달을 하려나.' 내 눈이 더 난감해진다.

그때, 눈을 잔뜩 뒤집어쓴 검정색 승용차 한 대. 그 차 역시 천천히 기어들어와 택배 트럭 옆에 나란히 차를 세운다. 이윽고 나이가 들어 보이는 중년의 여성이 내리더니 차에서 커다란 카트를 꺼낸다. 무엇을 하려는 건가 생각하는 순간 여성은 눈 속에 놓인 택배 상자들을 카트에 담기 시작한다. 택배기사는 아들이고 눈 속에 따라와서 배달을 도와주는 이는 그의 모친으로 보인다. 그러고 보니 우리 단지에 매일 들어오는 택배차라 늘 마주치던 청년이란 것이 떠오르고 다른 날은 혼자서 배달했다는 생각이 든다.

이 눈 속에 아들이 걱정돼 모친이 나선 것 같다. 저 어머니에게는 오늘 같은 날이 얼마나 마음 쓰이는 날이었을까. 커피를 마시며 설경에 감탄했던 나는 괜히 미안한 마음이다.

눈은 연달아 어머니와 아들의 머리 위로 쏟아진다. 어머니와 아들은 오랫동안 이집 저집에 물품을 배달하고 있다.

추억 속의 그 집

평소라면 일찍 끝났을 테지만 눈 때문에 오늘은 일을 마치는 시간이 꽤 많이 걸린다. 나는 다른 일도 못하고 모자를 지켜보고 있다.

이윽고 배달을 마친 모양이다. 어머니가 아들의 머리에 쌓인 눈을 털어주며 토닥여 준다. 아들은 트럭으로 어머니는 승용차로 들어가 시동을 켠다. 트럭이 출발하고 뒤이어 모친이 탄 검정 승용차도 뒤따라 아파트를 빠져나간다. 남은 물량을 배달할 곳으로 어머니 역시 따라가는 것 같다.

그제야 나는 주차장에서 눈길을 거두고 숨을 내쉰다. 눈 내리고 바람 부는 날. 따뜻한 집 안에서 나는 괜히 코끝이 찡해 온다.

고마운 사람

|

    방송에서 혼자 힘으로 자식을 잘 키운 한 어머니가 나왔다. 젊은 나이에 남편과 사별하고 자식들과 먹고 살기 위해 생선 행상을 하였단다. 어느 날, 함지박을 머리에 인 채 넘어져서 팔아야 할 생선을 전부 땅바닥에 엎어버리는 일이 일어났다. 너무 기가 막혀서 한동안 망연자실 주저앉아 있었다고 한다. 그때 마침 지나가던 한 청년이 그 모습을 보고 비린내가 나는 생선을 모두 주워서 함지박에 담아 주고는 힘내시라는 말을 하며 갔다는 것이다. 깨끗한 양복을 입은 것을 개의치 않고 비린내 나는 생선을 손으로 직접 주워주고 힘내라고 용기를 주고 간 청년. 그 어머니는 살아오면서 가

슴 속에 늘 청년에 대한 고마움을 품고 살아왔다고 한다. 또한 힘 내시라던 말을 기억하며 용기를 내어 살아왔고 자식들도 잘 키웠다는 이야기를 들려주었다.

나에게도 생각나는 고마운 분들이 있다. 오래전 살았던 인천에서 바로 위층에 살았던 부부. 나보다 열 살 이상 나이가 많았던 그분들은 엘리베이터에서 마주치면 인사하는 정도의 사이였다.

당시 우리 아파트에서 멀지 않은 곳에 대형 쇼핑센터가 생겼는데 우연히 분양 광고를 보게 되었다. 호기심에 구경 갔던 나는 작은 수입품 코너 자리를 덜컥 계약하고야 말았다. 아직 아들이 어리긴 했지만 직장에 다니고 있던 막내 여동생이 도와준다면 할 수 있을 것이라는 나름의 믿음이 있었기 때문이었다. 다행히 여동생은 나의 부탁에 직장을 그만두고 와서 도와주겠다고 했다.

하지만 한 번도 해 본 적 없는 수입품 가게를 하기 위해서는 우선 남대문 시장으로 물건을 떼러 가야 했다. 남대문 시장은 도매 시장이라 새벽 2시 정도에 가야 하는 곳이었다. 가게에 진열할 정도의 물건을 떼어 오려면 트럭이 필요한 상황이었는데 집에는 승용차 밖에 없었다. 쇼핑몰 개업 날짜는 다가오는데 아무 준비도 안 되어 있어 난감한 상황이었다.

어느 날, 엘리베이터에서 위층 부부를 만났다. 평소처럼 인사를 했더니 그날따라 그분들이 나에게 요즘 어떻게 지내냐고 물었다. 나는 무심코 새로 지은 쇼핑몰에 수입품 코너를 하기로 했다고 대답하였다. 그런데 내 말을 들은 그 부부가 뜻밖에도 자신들이 예전에 수입품 가게를 한 적이 있다는 말을 하는 것이었다. 몇 년 하다가 그만둔 지 일 년쯤 되었다는 그분들은 혹시 물건은 준비되었냐고 물었고 나는 뭐부터 해야 할지 몰라서 아직 시작도 못하고 있다고 대답했다. 그러자 그분들이 자신들이 했던 일이니 도와주고 싶다고 하면서 물건 떼러 가는 날 같이 가주겠다고 하는 것이었다. 마침 자신에게 봉고차가 있으니 그 차에 물건을 실어다 주겠다고 했다.

이틀 후, 윗집 아저씨가 운전하는 봉고차를 타고 남대문 시장으로 갔다. 자잘한 생필품을 구입해 와서 진열하는 것은 생각보다 쉽지 않았다. 봉고차 한 대로는 가게를 채우기

추억 속의 그 집

에 어림도 없었다. 그 부부는 삼일 동안이나 새벽 두시에 남대문 시장으로 가서 본인들의 봉고차에 물건을 실어다 진열까지 해 주었다. 또한 가격표 붙이는 법. 물건의 사용법까지. 그야말로 나는 옆에 서 있기만 하고 그분들이 모든 것을 다 해준 셈이었다.

드디어 개업식 날이 왔다. 그렇게 수고해 주었던 부부는 예쁜 축하 화분까지 들고 와서 일부러 물건을 구입해 가기도 했다. 나도 나름대로 그분들에게 감사의 사례를 한 기억이 난다. 하지만 그 어떤 보답도 부부가 내게 베풀어 준 도움에 비할 수는 없는 것이었다.

가게 준비를 하기 전까지 그 부부와는 개인적인 친분이 전혀 없는 사이였다. 그런데도 삼일 밤낮을 잠도 못 자고 도와준 것이다. 그분들 덕분에 무사히 개업식을 마쳤고 다행히 장사는 제법 잘 되었다. 일 년 정도 운영하다가 어린 아들에게 너무 소홀한 것 같아서 임대를 주고 손을 놓게 되었다. 그리고 얼마 후 그분들은 다른 지역으로 이사를 갔고 나도 머잖아 그 동네를 떠났다.

그분들은 지금 어디에서 살고 있을까. 생각하면 그 부부는 내 인생에서 잊을 수 없는 은인들이다. 그 이후 꽤 오랜 시간이 지나갔다. 살아오면서 잊고 산 적이 더 많지만 그래도 가끔 그분들을 생각하고 고마운 마음을 간직하고 있다. 이제는 초로의 노인이 되었을 부부가 어디에서라도 건강하기를 바라며 혹시라도 다시 만나게 된다면 마음이 담긴 따뜻한 식사라도 대접하고 싶다.

추억 속의 그 집

하얀 운동화

|

텔레비전에서 연애 리얼리티 프로그램을 방영하는 것을 보았다. 젊은 미혼의 남녀가 만나는 프로그램으로 시작하더니 이제는 50대 이상 싱글들의 만남 프로그램까지 생겼다. 남녀 출연자들이 같은 공간에 머물면서 자신에게 맞는 상대를 찾아가는 모습은 흥미롭다.

출연자들은 첫눈에 반해서 끝까지 한 사람을 바라보기도 하지만 중간에 마음이 바뀌어 또 다른 상대를 선택하기도 한다. 마음이 변하는 이유를 설명할 수 있을까?

그때 나는 이십 대 후반을 향해 가고 있었다. 대부분의 친구들은 결혼을 해서 가정을 이루었을 때였다. 혹시라도 노처녀가 될까 걱정되었던 엄마는 신랑감 수소문을 하기 시작했다.그 후 꽤 여러 사람을 만나봤던 것으로 기억된다. 지금 생각하면 나름대로 괜찮은 청년들이었던 것 같은데 쉽게 인연을 만나긴 어려웠다.

어느 날, 동네 아주머니가 소개해 준 한 사람을 만났는데 키가 제법 크고 얼굴도 준수했다. 무엇보다도 대화가 잘 통하는 것 같았다. 가끔씩 만나면서 조금씩 알아가던 어느 날, 다음에 만나면 영화를 보러 가자고 하기에 당시에 화제였던 '킬링필드'를 보고 싶다고 했다. 그 영화는 캄보디아 내전과 대학살을 영화화한 것이라 어쩌면 몇 번 만나지 않은 맞선 남녀가 보기엔 어울리지 않는 영화였는지도 모른다.

그 사람이 먼저 가서 표를 끊어 놓겠다고 한 날, 시간에 맞춰 극장에 가니 많은 사람들이 매표소 앞에 줄을 서 있었다. 그는 어디 있을까? 여기저기 찾다가 줄 중간쯤 사이에 서 있는 그 사람을 발견했다. 그도 나를 보고 손을 흔들며 웃고 있는데 문득 내려다보니 그의 운동화가 눈에 띄었다. 새로 사 신고 나온 듯한 너무나 하얀 그 사람의 운동화. 그 순간 새하얀 운동화가 왜 그리도 촌스러워 보였는지. 정말 말

추억 속의 그 집

도 안 되는 이유로 그날 이후 나는 그 사람을 만나지 않았다.

운동화는 아무 죄가 없는데 그때 내 마음은 왜 그리 변해 버린 것인지 아무리 생각해도 잘 모르겠다. 그 후 몇 번 연락이 왔지만 시간이 없다는 이유로 만남을 거절하였고 그렇게 그 맞선남과의 인연은 끝이 났다.

아무 잘못도 없이 그저 새 운동화를 신고 왔다가 헤어지게 된 그 사람은 내 마음이 변한 이유를 아직도 모를 것이다. 운명의 배우자를 만나 가정을 이루는 것은 사람이 선택하는 것 같지만 조물주에 의해 이미 정해진 일일지도 모른다는 생각이 든다. 상대가 신이 정해준 짝이라면 그런 어이없는 이유로 헤어지는 일은 일어나지 않을 테니까 말이다.

인연이 아니기에 그렇게 끝났지만 나로 인해 상처받았을 그분에게 미안한 마음이 들곤 했다. 그날 이후 오랜 시간이 흘러갔지만 어디에선가 행복하기를 진심으로 기원한다.

사랑에 대하여

|

스윗 프랑세즈

하루 종일 비가 내리는 날, 모처럼 영화 한 편을 보았다.

"스윗 프랑세즈"

2차 대전 당시 독일군 장교와 프랑스 여자는 음악을 매개로 사랑에 빠진다. 둘은 절대 사랑해서는 안 될 사이다. 적군의 장교가 연주하는 피아노 소리를 들으며 묘하게 위로를 받는 여자와 원치 않는 전쟁에 지친 남자. 쳐다보지도, 말을 해서도 안 되는 사이. 그녀의 남편은 군에 입대한 상태다.

레지스탕스에 합류하러 마을을 빠져나가려던 여자는 검문하는 독일군을 총으로 쏘아 죽이고 남자는 이 사실을 알면서도 여자를 보내준다. 그는 과연 살아남을 수 있을까? 떠나는 여자와 이를 묵인하는 남자는 아무런 말이 없다. 그들은 눈빛으로만 이야기할 뿐이다. 4년 후 독일이 패망하고 여자는 남자가 총살당했다는 소식을 듣는다. 몇 달 동안의 짧은 만남, 단 한 번도 사랑한다고 말하지도 못했던 그녀를 위해 남자는 죽음을 선택한 것이다.

이 소설은 유대인 여류작가 '이렌 네미로프스키'가 프랑스의 작은 마을에 숨어 있던 중 실화를 작품으로 썼다고 한다. 그녀는 끝내 독일 군에게 발각되어 1942년 아우슈비츠에서 죽었다. 60년 후 그녀의 딸에 의해 출간된 소설을 영화화 했다. 보고 난 후 오랫동안 여운이 남는, 가슴이 먹먹한 영화였다.

까보다로카 이야기

오래전, 포르투갈 여행 중 대서양의 끝 '까보다로카'에 갔을 때 목격했던 일이 생각난다. 스페인 몇 개 도시 투어를 마치고 오랜 시간을 달려 도착한 그곳에 빨간 소방차가 보이고 절벽 쪽으로 폴리스 라인이 쳐 있었다. 엄청난 파도가 치는 그 바다에 실연당한 청년이 스스로 몸을 던져 버렸다는 것이다.

그곳은 바람의 언덕이다. 유럽대륙의 끝이고 대서양 바다를 가장 가깝게 마주한 땅. 까보다로카는 왠지 처연하게 그리고, 거칠지만 아름답다. 아슬아슬한 절벽 아래 하얀색 포말을 그리며 끊임없이 몰아치는 파도를 바라보고 한동안 서 있을 때 일행 중 누군가가 말하는 소리가 들렸다.

"그깟 사랑이 뭐길래!!"

땅이 끝나고 바다가 시작된다고 시인이 노래한 까보다로카, 그 깎아지른 절벽에 몸을 던진 청년의 사랑이 아무리 아프기로 이 기가 막힌 소식을 전해 들을 그 부모의 마음에 비교할 수가 있을까. 어쩌자고 그런 선택을 한 것인지 누군지 모르는 그 젊은이가 참 미웠던 기억이 있다. 그럼에도 까보다로카의 풍경은 내 기억 속에 한없는 아름다움으로 남아있다.

영화 속 독일군 장교의 사랑과, 까보다로카 청년의 사랑은 비교하기는 어렵지만 두 사람은 모두 사랑 때문에 자신의 목숨을 버린 가슴 아픈 이야기다. 영화지만 실화였기에

추억 속의 그 집

더 애절했던 전자의 사랑과 스스로 자신을 버린 청년이 너무나 안타까웠던 후자의 사랑. 모두 사랑 때문에 일어난 일이다. 사랑이 무엇이기에 이리도 사연이 많은 것인지. 그러나 자식을 가진 어미의 마음은 이렇게 아픈 사랑 이야기는 부디 없었으면 좋겠다. 바라기는 애틋하고 따뜻한 사랑 이야기가 많이 들려오기를, 혼기가 찬 지인들의 자녀가 결혼한다는 청첩장을 자주 받기를 소망한다.

인사동 나들이

|

가끔 인사동을 간다. 대부분은 친구들과 함께다. 나와 친구들은 인사동 길을 수다 떨면서 이 골목 저 골목 다니는 것을 좋아한다. 옛날 물건 파는 곳에 가서 구경도 하고 특별히 살 것도 없으면서 고가구 매장에 들러 아는 체를 하기도 한다. 그러다 식사를 하고 전통찻집에서 진한 대추차나 쌍화차를 마시면서 긴 수다 삼매경에 빠졌다 오는 코스가 대부분이다. 특별한 것은 없지만 우리네 옛 모습이 남아있는 골목은 정겹다.

추운 날씨가 될 거라는 일기예보가 있던 날. 아침부터 비가 내리는데 불현듯 인사동 나들이가 하고 싶었다. 날이 차가웠지만 모처럼 혼자서 인사동을 찾았다. 평소에는 사람들이 많았던 거리가 한산했다. 트렌치코트 위에 머플러를 두르고 우산을 쓴 채 천천히 걸었다. 한지 공방에 들어가서 구경도 하고 상점에 들어가서 고운 스카프도 한 장 샀다. 착한 가격에 고른 스카프를 이 모양 저 모양으로 걸쳐 보는 것도 즐거웠다.

한참을 다녔더니 조금 피곤했다. 수고한 발도 쉬게 할 겸 오래된 찻집에 들어가 인절미와 대추차를 주문했다. 친구들과 함께한 중년의 아줌마들이 대부분이었지만 관광객으로 보이는 외국인들도 있었다. 요즘 일본 여행 가지 말고 일본 제품 쓰지 말자는 자발적인 운동이 한 창인데 내 바로 옆 테이블에서는 일본말이 들렸다. 남녀 4명 정도가 아주 쾌활하게 웃으면서 차를 마시고 있었다. 당분간은 일본에 여행할 계획이 전혀 없는 나였지만 그들이 왠지 고맙다는 생각이 들었다. 정세와는 상관없이 밝은 얼굴로 우리나라에 와 준 그들을 나는 미소를 띠며 슬쩍 바라보았다. 그중 한 명과 눈이 마주쳤다. 그쪽에서도 나를 보고 웃었다. 나보다는 나이가 아래로 보이는 남자분이었다. 차를 마시고 나오는 나를 그 남자분이 다시 바라보고 목례를 했다. 나도 최선을 다해 따뜻한 표정으로 웃어주었다. 한국에서의 여행이 좋은 기억으로 남기를 진심으로 기원하면서.

비 내리는 인사동 길을 걷고 있노라니 얼마 전 고인이 되신 고故 강민 시인이 생각났다. 용인문학회 고문이었던 강민 시인과의 인연은 명사 초대석을 쓰기 위해 함께 자리를 하면서였다. 구순이 되어가는 연세에도 청재킷을 입고 시종일관 흐트러짐 없었던 노시인. 문학에 살지 말고 문학을 하라는 그 분의 말씀이 지금도 나의 가슴에 남아 있는데 어느날 떠나셨다. 강민 시인의 삶과 시는 인사동과 함께 해 왔다고 말할 수 있을 만큼 인사동을 사랑한 분이다.

인사동을 걷는다

스산한 경인년 여름, 비는 멎지 않았다
찻집 '귀천'의 주인 목순옥 여사도 떠났다
그녀는 거기 하늘나라에서
그리운 천상병 시인을 만나
이 세상 소풍 끝내고 아름다웠다고 말하였을까

추억 속의 그 집

세월의 이끼 낀 인사동을 걷는다

흐르는 세월처럼

눈물처럼

비는 멎지 않는다.

– 강민 연작시, 인사동 아리랑1 중에서 –

　오후가 되자 사람들이 꽤 많아졌다. 삼삼오오 우산을 쓰고 많은 사람들이 골목을 걷고 있었다. 간간이 외국인들도 보였다. 갑자기 골목이 웅성거리는 소리가 났다. 임금님과 포졸, 궁녀의 모습을 한 사람들이 모여 있었다. 뜻밖에 멋진 왕의 행차에 사람들이 모여든다. 포졸 복장의 젊은이가 나에게 임금님과 함께 사진을 찍고 가라고 했다. 예전 로마에 여행 갔을 때 로마 병정 차림의 사람들이 사진을 같이 찍고 나서 돈을 달라던 기억이 났다.

　"사진 찍으면 돈 내는 건가요?"

　그들이 웃으며 나에게 되물었다.

　"사진 찍고 돈 받는 데가 있나요? 지금 저희는 관광 판촉

행사로 나온 거예요. 공짭니다"

무안해진 얼굴을 감추고 나는 그들과 함께 사진을 찍었다. 임금님과 포졸, 궁녀들을 이렇게 만나다니, 비 오는 날 생각지도 못한 인사동 나들이의 보너스였다.

쌈지 샛길로 들어갔다. 알록달록 꾸민 상점들이 예뻤다. 아기자기 장식품 가게도 천천히 구경했다. 붓을 만드는 필방에도 들어가 보았다. 그냥 보고 나갈 사람이 분명하건만 주인은 친절하게 이것저것 자세하게 설명을 한다. 그냥 보고만 갈 건데 괜찮냐는 말에 얼마든지 구경하라며 웃어준다. 덕분에 크고 작은 붓 구경을 원 없이 했다. 도심 한복판에 아직도 옛 정취를 느낄 수 있는 길이 있다는 것이 참 감사하다는 생각이 들었다.

옛날 우리네가 살았던 흔적과 오래된 물건을 볼 수 있는 곳. 그리고 따뜻하고 친절한 사람들이 있는 곳. 내가 흠모하던 시인의 발자취가 스며있는 인사동에 다시 오리라 생각하며 골목을 나왔다.

추억 속의 그 집

평양냉면

|

평양냉면을 먹으러 갔다. 집에서 제법 먼 거리에 있는 음식점이다. 신문에서 10대 평양냉면집으로 선정된 곳이라며 꼭 맛을 봐야 한다는 남편을 따라 오게 된 것이다. 물냉면을 주문하고 잠시 기다리니 전통 놋그릇에 담긴 냉면이 나왔다.

평양냉면은 육수에 동치미를 섞어 맛을 낸 차가운 메밀국수이다. 먼저 시원한 육수를 들이켜고 다음에 면을 먹는 것이 진정한 맛을 음미하는 순서다. 먼저 육수를 들이켜 입에 넣었다. 살짝 밍밍하기도 하고 오묘하기도 한 맛이 느껴진다. 남편도 평양냉면의 진정한 맛을 내는 곳이 별로 없는데 잘 찾아왔다고 만족해한다. 평양냉면을 처음 먹어 본 사람들은 대개 그 맛을 잘 모른다. 예전에 서울에서 유명한 평양냉면집을 갔는데 뒤에서 먹던 젊은 커플들의 대화를 들은 적이 있다.

"이 심심한 걸 먹으려고 사람들이 이렇게 많이 오나, 무슨 맛인지 영 모르겠네."

나도 그랬다. 그동안은 면발이 가는 함흥냉면을 양념 맛에 주로 먹었다. 함흥냉면은 감자녹말가루에 밀가루를 섞어서 면발이 가늘고 질기다. 또한 육수는 고기를 삶은 물에 간장을 비롯한 양념을 섞어서 만들기 때문에 진한 색과 깊은 맛이 난다. 물냉면도 있지만 함흥냉면은 비빔냉면으로 먹어야 진정한 맛을 느낄 수 있다. 함흥냉면은 회를 얹은 회냉면으로도 많이 먹는다.

이와 달리 평양냉면은 메밀이 주성분이라 면발이 굵고 살짝 거칠게 느껴지기도 한다. 또한 메밀로 만들기 때문에 가위로 자르지 않아도 뚝뚝 끊겨서 편하게 먹을 수 있다. 평양냉면 맛의 핵심은 육수이기 때문에 물냉면으로 먹어야 제대로 된 맛을 느낄 수 있다. 육수는 쇠고기 양지를 푹 삶은 물에 숙성된 시원한 동치미 국물과 섞어서 만든다. 비법은 집집마다 다르기 때문에 절대 비밀이다.

평양냉면 마니아들은 여러 집을 방문해 맛을 보고 나름대로 어느 집 냉면이 제일이라고 주장한다. 이런 마니아들의 입맛이 평양냉면의 맛 순위를 결정하는 데 영향을 미치고 있다.

본격적으로 냉면을 먹기 시작했다. 오로지 메밀로만 만들었다는 면이 입에 감긴다. 멀리까지 찾아와서 만난 평양냉면의 맛이 아주 좋다. 오랜만에 나도 남편도 맛있게 먹었다.

남편이 돌아가신 시아버님 이야기를 꺼낸다. 나도 아버님 생각을 했었다. 그 옛날 겨울에도 이불속에서 평양냉면을 드셨다는 아버님은 진정한 냉면 애호가였다. 시아버님은 평안도 출신으로 이북에서 자주 드시던 평양냉면의 맛을 우리에게도 전해주었다. 시아버님의 냉면 사랑이 남편에게 이어지고 남편에게서 나에게까지 이어진 것이다.

처음에 남편을 따라가서 평양냉면을 먹었을 때는 함흥냉면처럼 맵지도, 짜지도, 달지도 않은 것이 영 심심하고 밋

밋한 맛이었다. 면발도 메밀면의 특성상 탄력성이 적고 질기지 않아 씹는 맛도 별로 없었다. 그런데 가끔 먹다 보니 부드러우면서 감칠맛이 느껴지는 면발과 육수의 맛은 뭔지 모를 은은하면서도 깊은 맛을 느끼게 해주었다.

평양냉면을 사람으로 비유하면 처음 인상은 거칠면서 재미없어 보였던 친구 같기도 하다. 처음에는 그 모습에 선입견을 가졌지만 만날수록 서서히 빠져드는 진국 같은 친구. 그것이 바로 평양냉면의 맛이다.

시원한 평양냉면 한 그릇을 맛있게 먹고 집으로 돌아왔다. 오랜만에 먹은 냉면의 맛이 혀끝에 느껴진다. 입에 맞는 평양냉면을 먹으면 집에 와서도 그 맛이 생각나기도 하니 나도 이제는 진정한 평양냉면 마니아가 된 것 같다.

추억 속의 그 집

어느 날에

|

아주 잠깐, 정말 찰나였다. 모처럼의 새벽예배를 마치고 교회 문을 나서면서 문턱이 있다는 것을 생각지 못하고 허공으로 밟아버린 발이 휘청거림과 동시에 내 온 몸도 같이 튕겨져 버린 것은.

순식간에 넘어져 버린 나를 기도를 마치고 나오던 한 분이 붙잡아 일으켜 주었다. 통증보다는 부끄러움이 밀려왔고 고맙다는 인사도 하는 둥 마는 둥 아무 일도 없었다는 듯이 무심히 걸어서 집으로 왔다. 바닥에 닿을 때의 충격으로 무릎에 통증이 있긴 했지만 다른 특별한 증상은 거의 없었다.

그냥 그렇게 괜찮아지나보다 했더니 하루가 지나자 무릎

이 아닌 왼쪽 발목이 붓기 시작했다. 넘어질 때 왼쪽으로 꺾이면서 넘어진 것이 생각났다. 병원에서 엑스레이를 찍었지만 뼈는 이상이 없다 했고 한의원에 가서 침도 맞았다. 며칠 치료받으면 금방 좋아질 거라고 스스로를 위로 하면서 아무 염려도 하지 않고 며칠이 지나갔다.

그 사이 온 천지에 꽃들이 만발하게 피었다. 내가 사는 아파트 단지의 벚나무에도 며칠 사이 연분홍 꽃이 나무를 뒤덮고 있다. 긴 겨우내 을씨년스러운 검정과 회색빛이었던 세상이 나뭇잎에 초록 이파리가 나고 꽃이 피기 시작하자 달라 보이기 시작했다. 어딘가로 꽃구경을 가야지 하다가 아, 발목을 다쳤구나, 싶어 주저앉기를 몇 번 하고 나니 어느새 벚꽃은 흔적도 없이 사라져 버렸다. 어느 시인의 시처럼 꽃이 지는 건 정말 잠깐일 뿐이었다.

그럼에도 나는 머잖아 나을 것이라고 믿었고 계획했던 여행도 예약했다. 출발일까지 시간이 두 달 가까이 남아있으니 충분히 괜찮겠지 생각했다. 하지만 3월에 다친 발목은 4월이 지나도록 완쾌되지 않고 아주 천천히 조금씩 호전되고 있었다. 인대에 손상을 입어 아마 꽤 시간이 걸릴 것이라

추억 속의 그 집

고 하던 의사의 말을 듣고도 이렇게까지는 생각하지 못했던 터라 마음이 초조해졌다. 도저히 여행은 불가능했기에 위약금까지 물고 해약을 하고야 말았다. 지금까지 한 번도 다치지 않고 마음껏 걸을 수 있었던 것이 얼마나 큰 축복이었는지 비로소 생각이 들었고 장애가 있어 불편을 겪는 분들의 고충이 가슴에 와 닿았다.

작은아버지는 어려서 소아마비를 앓아 한평생 장애인으로 살다 가셨다. 첫 조카인 나를 참 많이 예뻐해 주던 분이었지만 나는 그 분의 장애를 가슴 아파하거나 발이 되어 드리려 해 본 적은 없다. 그저 그분은 처음부터 그런가 보다 그렇게 생각했던 것이 전부였다. 당시 공부도 많이 하고 학식이 풍부한 분이었음에도 장애가 있어 원하는 직장에 취직하지 못하였고, 늘 마음 힘들게 살아야 했던 작은아버지를 이해하기엔 어린 나이였다. 한자로 글 쓰는 것을 좋아하여 가끔 논어에 나오는 글귀를 적어 주기도 하였는데 나는 그저 받아서 서랍 속에 넣어 둘 뿐이었다. 지난 몇 십 년 가고 싶은 곳 다 가고 마음껏 자유롭게 다닐 때는 까맣게 잊었던 작은아버지가 다리를 다치고 나서야 생각났다.

모든 것은 지나간다고 어느새 나을까 기다리던 내 발목
은 많이 좋아졌다. 아직 다치기 전 같지는 않지만 절뚝거리
는 것도 나아졌고 하루하루 조금씩 더 좋아지고 있는 중이
다. 올 해 나의 봄은 어느새 지나가고 계획했던 여행도 취소
되었지만 어쩌면 늦은 나이에 나는 인생 공부를 하고 있는
지도 모르겠다. 지금 누리고 있는 모든 것에 지극히 감사해
야 한다는 것을. 그리고 나보다 불편한 누군가가 있다면 한
번쯤 돌아보고 그 손에 든 짐을 들어 줄 수 있는 마음을 품
어 보기를 여름이 오고 있는 길목에서 소망해 본다.

추억 속의 그 집

몸 따로 마음 따로

|

　그날은 매우 화창한 날이었다. 생긴 지 얼마 되지 않았다는 진천의 초평호 출렁다리를 우리도 한 번 가보기로 하고 남편과 함께 길을 나섰다. 날마다 온도계의 숫자가 한여름 날씨처럼 치솟는 것을 알았지만 아직 6월인데 괜찮겠지 생각했던 것이 문제였다.

　고려시대에 만들어졌다는 농다리에서 약 7백 미터. 경사진 언덕을 올라가면 산 중턱에 출렁다리가 있다고 했다. 바람이 적당히 불었지만 날씨는 훅훅, 달아올라서 살짝 걱정이 되긴 했다. 그래도 이왕 왔으니 걸어 올라가는데 등에서부터 땀이 흐르기 시작했다. 작은 물병에 든 물은 이미 다 마셔버렸고 입에서는 갈증이 났다. 목이 너무 말랐지만 조금만, 조금만 하면서 간신히 목적지에 도착했다.

산 중턱 호수 위에 흔들리는 출렁다리가 눈에 들어왔다. 찰랑이는 호수 위의 출렁다리는 주변 풍광과 잘 어울려 아름다웠다. 흔들흔들, 겁이 많은 나는 무서웠지만 난간을 꼭 붙잡고 걷기 시작했다. 다른 출렁다리와 달리 이곳은 중간 기둥이 없고 거리가 길어서 흔들리는 느낌이 훨씬 더 몸으로 전해왔다. 어찌나 떨리는지 중간에 돌아가고 싶은 마음을 꾹 참고 간신히 완주했다. 끝까지 다녀왔다는 것에 뿌듯한 마음도 들었다.

그러나 성취감도 잠시, 내려오는 길에도 땀은 쉴 새 없이 흘러내렸다. 차를 타고 돌아오는 길. 시원한 수박이 눈앞에 어른거렸다. 집에 도착한 후 냉장고에서 수박을 꺼냈다. 몇 조각을 먹어도 갈증이 가시지 않았다. 그래도 쉬고 나면 괜찮을 줄 알았다. 잠시 후 머리가 어지럽더니 두통과 함께 구토와 설사까지 찾아왔다. 몸을 가누기도 힘들만큼 안 좋은 상태라 병원을 찾았다. 진료를 끝낸 의사는 나에게 일사병이라는 진단을 내렸다. 일사병! 지금까지 한 번도 걸려본 적 없는 온열병을 한여름도 아닌 6월에 걸리다니.

다행히 입원은 하지 않고 이틀 동안 병원에 다니며 수액 두 병 맞고 회복되었다. 알고 보니 그날은 35도까지 올라가는 한여름 날씨였다.

몸과 마음이 전처럼 서로 잘 협응하지 않는다는 것을 간과했다. 전에는 이 정도 더위쯤은 이겨낸 것 같은데 그날은 몸이 정신을 따라가지 못했다. 몸 따로 마음 따로였다. 몸이 마음을 따라가지 못한다고 생각하니 좀 우울해졌다. 하지만 이것도 시간의 순리겠거니. 이제는 몸의 상태를 잘 살펴서 달래가며 써야 될 때 인가보다. 무엇보다도 체력이 따라줘야 삶의 질도 떨어지지 않겠지.

생각지도 않게 일사병까지 걸렸던 올여름도 이제는 서서히 물러가고 있다. 길었던 여름이 지나고 서늘한 가을이 오기를 기대하며 부디 앞으로의 여름은 올해 같지 않았으면 좋겠다.

떠난 후에야 깨닫게 되는 것

|

    한 남자가 있다. 그는 자신의 아내에게 폭언과 폭력을 행사하고 인격적인 모욕을 가하기도 한다. 아내라기보다는 집에서 일하는 하인과 다름없이 대하며 천대한다. 사실 남자가 결혼하고 싶었던 여자는 아내의 여동생이었다. 그러나 장인의 강요로 어쩔 수 없이 언니와 결혼하게 되었던 것이다.

    남자는 아내의 존재를 철저히 무시하며 그녀가 좋아하는 여동생에게 오는 편지도 차단하는 등 비인간적으로 대한다. 인간으로서의 기본적인 자유도 전혀 누리지 못하고 살아가는 여자. 심지어 남자는 자신이 좋아했던 전 연인을 집으로 데려와 아내에게 수발을 들게 하기도 한다. 남자의 연인은 아픈 자신을 돌봐준 그의 아내에게 고마움을 느끼고 새로운 출발을 권하고 자립하도록 힘을 준다. 자신의 정체성도 존엄성도 잊고 살았던 여자는 아이러니하게도 남편의 연인으로 인해 서서히 깨달아 간다. 자신은 존귀한 사람이며 홀로 설 수 있다는 것을.

그녀는 마침내 독립을 선언하고 남편을 떠난다. 옷을 만드는 일을 하게 되는데 그녀의 솜씨는 매우 좋아서 일거리가 많이 들어온다. 태어나서 처음으로 자신의 능력을 인정받으며 여자는 살아간다.

아내가 떠난 후 남자는 그녀의 빈자리를 느낀다. 절대로 사랑한 적 없다고 생각한 여자. 멸시하고 천대해도 된다고 생각했던 아내가 얼마나 소중한 존재였는지 깨닫게 된다. 아내가 없는 자신의 삶은 아무것도 아니라는 것을 뒤늦게 알게 되는 남자.

그는 돈이 부족한 아내가 의상실을 인수하도록 남몰래 도와주고 그녀는 그 사실을 모른 채 조금씩 성공하기 시작한다. 아내의 성공을 숨어서 바라보며 남자는 떠나간다.

영화 '컬러 퍼플'을 다시 보았다. 오래전 극장에서 보았었는데 긴 시간 후에 다시 봐도 느낌은 그대로였다. 영화가 전하고자 하는 메시지는 여러 가지가 있으나 부부간의 존중과 사랑에 대하여 생각해 보았다.

정도의 차이는 있지만 이런 일은 현실에서도 종종 일어나고 있다. 오래전 살았던 동네에서 알게 된 부부도 비슷한 경우였다, 근처에 사는 사람들이 다 알도록 떠들썩하게 폭력을 쓰며 힘들게 하는 남편을 피해 부인은 어느 날 집을 나가버렸다. 그 후 남편은 아내가 돌아오기를 기다리며 후회의 삶을 살고 있다고 지인들은 말했다, 하지만 몇 년 후 우리 가족이 그 동네를 떠나 이사 할 때까지도 부인은 돌아오지 않았다.

'있을 때 잘 해' 라는 노래처럼 곁에 있을 때는 미처 상대의 소중함을 깨닫지 못하고 떠난 후에야 후회하는 이유는 무엇일까. 상대의 존재가치를 부정하며 내가 함부로 대해도 절대로 떠나지 못할 것이라는 비뚤어진 자만심, 그리고 자신을 스스로 통제하지 못하는 성격적 문제도 이유가 될 것 같다.

추억 속의 그 집

사람과의 관계, 부부나 가족과의 관계는 일방적인 관계가 아니라 상호 존중하는 관계로 이어져야 함을 영화는 말하고 있다. 그것은 전에 살았던 동네의 부부도 마찬가지일 것이다. 상처를 받으며 영원히 참아주는 사람은 없을 테니까. 떠나고 난 뒤에 깨닫는다 해도 그때는 돌이킬 수 없을 것이다.

제2부 장위동 우물가 이야기

장위동 우물가 이야기

|

깊은 우물이 있던 마을이 있었다. 마을 가까운 뒷산엔 '공주능'이라고 불렸던 큰 무덤이 있었고 산 아래 논에서는 여름마다 개구리가 요란스레 울었던 곳. 내 유년의 추억이 가득 담겨 있는 곳. 수없이 여러 번 이사를 다니면서도 가슴 속에 깊은 여울처럼 남아있는 그곳은 내 그리움의 원천이다.

우물가에는 언제나 사람들이 많았다. 아침에 일어나서 잠자리에 들기 전까지 동네 가운데 있는 우물가는 늘 물을 길러 온 아주머니들로 북적거렸다.

단 몇 집, 제법 잘 살았던 명이네와 우리 가족이 세 들어 살던 동네 유일한 슈퍼였던 순이네 집, 그리고 통장 집에만 펌프가 있어서 그 집 사람들만 우물로 물을 뜨러 나오지 않았다. 슈퍼였던 순이네 집에는 우리 가족을 포함해 세입자가 다섯 집이나 있었는데 모두 우리 집 부엌 바로 앞쪽에 있는 펌프를 이용했다. 그 동네는 물이 좋았는지 펌프에서는 물이 넉넉하게 나왔기 때문에 여러 가구가 썼지만 물이 부족한 적은 없었다.

그래도 가끔 금이 엄마나 우리 엄마는 우물로 마실을 가곤 했다. 아주머니들은 우물가에만 나오면 할 이야기가 무궁무진하게 많았다. 누구네 집에는 뭐가 새로 들어왔다는 둥, 누구네 집은 부부싸움을 하다가 밥솥을 집어 던졌다는 둥 동네의 소문은 우물가에서부터 시작됐다. 동네 한 가운데 자리한 우물은 온 동네 사람들의 비밀을 거의 다 알고 있는지도 몰랐다.

우리 동네는 서울이라고 불렸지만 변두리여서 집 뒤에 있는 산 주변으로는 논밭이 온통 둘러싸고 있었다. 해마다 여름이면 학교에서 돌아온 남자아이들은 온 들판을 돌아다니며 개구리를 잡아서 허리춤에 달고 다녔다. 어스름하게 해 질 무렵이 되면 아이들은 불을 피워서 개구리 다리를

추억 속의 그 집

구워 먹었다. 마음에 드는 여자아이에게 구운 개구리 다리를 챙겨주며 남자아이들은 입이 벌어지도록 실실 웃곤 했다. 우리 집 건너편에 살았던 택시 운전사의 아들 원이는 이다음에 크면 나랑 결혼 할 거라고 말하기도 했다. 입가가 까맣게 되도록 개구리 다리를 구워 먹은 아이들이 마지막으로 들르는 곳도 우물가였다. 한여름의 해는 기울고 아이들은 시원한 우물 물로 목을 축이고 세수를 한 뒤 집으로 돌아갔다.

정월대보름

|

정월대보름, 해마다 보름달이 훤하게 뜬 날에는 아이들도 바빴다. 어느 집이든 찾아가 맛난 오곡밥과 나물을 받아 와야 하기 때문이다. 영숙이 언니는 그중 스타였다. 허름한 엄마의 스웨터를 입고 머리에 수건을 쓴 뒤 얼굴에 분장을 하면 정말 상거지 꼴이었다. 지팡이까지 손에 들고 이집 저집을 찾아가 문을 두드리면 엄마들은 알면서도 바가지 가득 오곡밥과 나물을 채워 주었다.

"야호!!!"

아이들은 신나게 얻어 온 오곡밥을 먹으며 밤이 깊은 줄도 모르고 이야기꽃을 피우곤 했다. 어른들은 우물가에서,

아이들은 들판에서 그렇게 이야기는 무르익어 갔다. 음력 설이 지난 지 얼마 되지 않은 추운 날씨인데도 춥다고 느낀 적은 없었다. 동네 오빠들이 산에서 주워 온 나무로 모닥불을 피워 놓았기 때문이다. 모닥불을 쬐며 이야기 하다보면 우리들의 얼굴도 빨갛게 달아올랐다. 아무것도 없던 시절. 내가 아는 대부분의 친구들은 모두 집이 가난해서 변변한 옷 한 벌 제대로 갖춰 입기 어려운 형편이었지만 불만은 없었다. 모두들 그렇게 사는구나 생각했던 시절이었다.

텔레비전이 들어오다.

|

  어느 날, 명이네 집에 텔레비전이 들어왔다. 문을 양쪽
으로 열고 닫는 최신식의 모델이었다. 텔레비전은 그야말
로 놀라운 신세계였다. 당시 '아씨' 라는 드라마가 화제였는
데 명이네 집 마당에 멍석을 깔고 마을 사람들이 모여서 함
께 보곤 했다. 어린 나는 내용도 잘 모르면서 '아씨'할 시간
이 되면 빨리 가자고 엄마를 조르곤 했다. 가끔 그 집 대문이
열리지 않는 일도 있었는데 명이네 엄마 아빠가 부부싸움을
하는 날 이었다. 그럴 때면 아이들은 동동거리며 그 집 문이
열리기만을 기다리곤 하였다. 텔레비전 보는 시간은 즐거웠
다. 그런데 가끔 곤란한 일이 생기기도 했는데 그것은 아이

들 간의 소소한 다툼이었다. 혹시라도 텔레비전이 있는 집 친구랑 싸움이라도 하면 한동안은 그 즐거움을 누릴 수 없었기에 텔레비전이 있는 집 아이와 없는 집 아이들은 눈에 보이지 않게 상하관계가 형성되어 버렸다. 장위동에서 텔레비전은 부의 상징인 동시에 권력이었다.

노랑머리 새댁

|

    마을에는 크고 작은 일들이 끊임없이 일어났다. 경상도 사투리를 쓰고 머리를 노랗게 물들인 새댁이 사라진 일도 큰 사건이었다. 동네 아주머니 여러 명에게 높은 이자를 주겠다며 돈을 빌리고는 사라진 것이다. 돈을 빌려준 아주머니들은 새댁이 싹싹하고 인사성 좋게 접근해서 마음을 흔들어 놓았다고 말했다. 남편도 모르게 꽤 많은 돈을 빌려 잠적해 버린 일이라 그녀의 남편은 빨갛게 충혈된 눈으로 아내를 찾아 헤맸지만 소용이 없었다.

    겉보기엔 전혀 어울리지 않았던 부부였다. 덥수룩한 머리에 피부가 검은 남편에 비해 하얀 얼굴에 빨간 립스틱을 바른 새댁은 어린 내가 보기에도 너무 예뻤다. 잘록한 허리에 꽃무늬가 있는 치마를 입은 그녀는 뒷모습 까지도 닮고 싶은 사람이었다. 나를 보면 늘 환하게 웃어주고 새우깡을 사와서 같이 먹기도 했던, 가끔은 내 머리를 예쁘게 땋아 주기도 했던 큰언니 같은 존재였는데 그렇게 가버린 것이다.

새댁이 떠난 후 마을에 소문이 퍼졌는데 새댁은 술집에서 일하던 여자였다고 한다. 그런 여자를 남편이 데려와서 같이 살았는데 도망간 것이다. 떠난 자는 말이 없고 그 후로 아무런 소식도 듣지 못했지만 나는 꽤 오랫동안 그 새댁을 생각하곤 했다.

통장집 아주머니

|

　어느 봄날, 엄마와 친하게 지내던 통장집 아주머니가 세상을 떠났다. 몇 달 전부터 몸져누운 그분을 문병하러 갔던 엄마가 생각지도 못하게 임종을 보게 된 것이다. 그 자리에 아주머니의 자녀들도 있었지만 친한 지인의 마지막 모습을 본 엄마의 충격은 컸다.

　그녀의 남편은 꽤 오랫동안 동네 여자 한 사람과 묘한 관계를 이어가고 있었는데 대부분의 마을 사람들도 알고 있는 사실이었다. 시름시름 앓고 있는 아내를 두고 남편도 있는 여자와 만나고 다닌 그 아저씨를 마을 사람들은 비난했다. 그럼에도 아주머니 사후 여자는 그 집을 자기 집처럼 드나

추억 속의 그 집

들었고, 얼마 후 그녀의 남편이 자다가 세상을 떠나 버려서 둘은 아예 살림을 합치게 되었다.

그 집은 근처에서 제일 부자여서 집도 아주 큰 기와집이 었고 땅도 많았다. 동네 아주머니들은 가난하게 살던 여자가 부잣집 남자의 마음을 훔쳐서 호강하고 사는 것을 마땅치 않게 생각했지만 그녀는 철철이 새 옷을 해 입고 세련된 모습으로 외출하곤 했다. 어린 나이였지만 나도 그 모습을 보면 얼굴을 돌리곤 했는데 아마도 그건 언니 같은 아주머니가 떠난 이후 힘들어 하던 엄마의 영향이었을 것이다.

아주머니 산소는 뒷산 야트막한 곳에 있었는데 어느 날, 친구들과 산에 올라갔다가 그 무덤을 지나치게 되었다. 어린 마음이었지만 생전에 나를 예뻐해 주셨고 엄마와도 각별했던 그 분의 산소를 그냥 지나치면 안 될 것 같은 생각이 들었다. 친구들한테 잠시 기다리라고 하고 아주머니 산소에 절을 올리고 지나 간 것이 기억난다.

어떤 결혼식

|

마을 분위기가 술렁거렸다. 순이네 가게에 거의 매일 들러서 맥주를 마시고 가는 경이의 아버지가 결혼식을 한다는 소문이 돌았다. 경이 아버지는 특별한 직업이 없는 백수였지만 내가 본 누구보다도 멋쟁이에다 잘생긴 얼굴을 하고 있었다. 직장에 다니지도 않았는데 옷은 늘 양복 차림이었고 구두는 반짝거렸다. 분명히 경이 엄마가 있는데 결혼을 한다니 이상한 일이었다.

어느 날, 순이 엄마와 우리 동네에 살았던 경이의 고모는 옷을 곱게 차려입고 함께 예식장으로 갔다. 시내에 있는 큰 결혼식장에서 호화롭게 결혼식을 올렸다는 이야기가 돌았고 커다란 트럭으로 살림이 들어왔다. 한 트럭 가득 혼수를 해가지고 온 새 신부는 갸름한 얼굴을 한 미인으로 시내에서 다방 마담이었다는 소문이 돌았다.

황당한 일에 아주머니들은 모이기만 하면 수군거리곤 했는데 알고 보니 경이 엄마가 몇 달 전에 집을 나간 것이었다. 한동안 새로 결혼한 경이 아버지와 신부는 팔짱을 끼고 다니며 애정을 과시하곤 했다. 그렇게 몇 달쯤 지난 어느 날, 신부가 떠나는 일이 일어났다. 처음 왔을 때처럼 커다란 트럭에 살림살이를 모두 싣고 가버린 것이다.

또다시 마을에는 소문이 돌았는데 경이 엄마는 집을 나간 것이 아니라 경이 아버지와 싸우고 돈 벌러 먼 지방에 갔던 것이라고 했다. 어느 날 경이 엄마가 집에 오는 바람에 부인이 있는 것이 들통이 났고 그 여자는 자신이 해온 살림살이를 다 가지고 떠난 것이었다.

물려받은 재산 까먹으며 평생 백수였던 경이 아버지는 자신을 위해 쓰는 돈 외에는 생활비를 주지 않았고 어쩔 수 없이 경이 엄마가 일하러 가야 했던 것이다. 아내가 있음에도 또 결혼식을 올리고 집으로 여자를 데려온 경이 아버지.

정말로 이해하기 어려운 해프닝이었다. 나중에 경이 엄마는 시장 근처에 식당을 차렸는데 역시 그 아저씨는 하나도 도와주지 않았다고 한다.

훗날 내가 이십 대가 되었을 때 길거리에서 경이 아버지를 한 번 본 적이 있었다. 중풍에 걸렸다는 소문을 들었는데 지팡이를 짚고 다리를 절며 걸어가고 있었다. 그럼에도 여전히 경이 아버지는 멋쟁이였다.

내 친구 금이

|

　금이의 엄마는 새엄마였다. 금이의 등에는 늘 아기가 업혀 있었다. 나보다 키가 작았던 금이가 동생을 업고 다니는 것을 본 동네 어른들은 저러다 키 안 큰다고 한마디씩 하곤 했지만 여전히 금이는 동생을 업고 다녔다. 친구들과 노는 시간에도 금이는 동생을 업은 채 같이 놀았는데 긴 줄넘기를 할 때면 등에 업힌 동생의 머리가 '폴짝' 하고 같이 뛰곤 했다.

　금이의 새엄마는 나쁜 사람은 아니었지만 가난한 형편에 자식들은 많다 보니 금이를 다정하게 챙겨주거나 하지는 못했다. 금이 엄마는 금이가 큰딸이라 집안일을 시키고 동생들을 보는 것을 당연하게 생각했다. 가끔 금이는 고기반찬이라도 하는 날이면 행여 자신이 먹을까 싶어 새엄마가 눈을 흘기곤 한다고 내게 하소연하기도 했다.

금이와 나는 가끔 공주능 뒷산에 작은 빨래를 들고 가기도 했는데 실은 빨래를 하는 것이 목적이 아니라 놀러 가는 것이었다. 물 맑은 개울가에 앉아 한참 물놀이를 하다보면 동네 오빠들이 지나가다 들르기도 했는데 그중 금이의 사촌오빠도 있었다. 교련복을 입은 오빠들은 나에게 언니가 있냐고 물었던 적도 있었다. 큰딸인 나는 언니가 물론 없었지만 고등학교에 다니는 언니가 있다고 거짓말을 했던 것이 기억난다. 왜 그런 말을 했는지 곰곰이 생각해 보니 어린 나에게도 앙큼스러운 부분이 있었나보다.

늘 함께 붙어 다니고 해도 해도 할 이야기가 끝없이 많았던 금이와 나는 유년의 추억을 가장 많이 공유한 사이였다. 금이를 생각하면 해가 아련히 저무는 시간, 동생을 업고 가는 키 작은 모습이 실루엣으로 떠오른다.

추억 속의 그 집

아버지는 사업에 실패하고
엄마는 병이 났다.

|

　아버지의 사업은 번번이 실패했다. 학교 가까운 곳에 스케이트장을 열었는데 춥지 않은 겨울이 문제였다. 유난히 따뜻한 날씨에 얼음은 녹아내렸다. 지금도 생각난다. 가끔 스케이트장에 가보면 줄줄 녹고 있는 얼음을 바라보며 아이들이 스케이트를 들고 서 있던 모습이. 그렇게 아버지의 두 번째 사업도 손해와 함께 접게 되었고 우리 집에는 갚아야 할 빚이 더 늘었다.

　첫 번째 사업 실패의 여파가 끝나기도 전에 또다시 닥친 일이었다. 엄마는 몸져누웠고 한동안 회복하지 못했다. 밥도 제대로 못했기 때문에 금이 엄마와 주인집 순이 엄마가 가끔 국을 한 냄비씩 가져다주기도 했다. 큰딸인 내가 어린 동생들을 챙기고 엄마의 심부름을 해야 했기 때문에 학교가 끝나도 친구들과 놀지 못하고 집으로 와야 했다. 얼마가 지나자 엄마가 조금씩 호전되기 시작했고 어느 날부터는 일어나 앉게 되었다. 건강을 회복한 엄마는 사람들에게 가끔 내 칭찬을 하곤 했다. 겨우 초등학교 5학년짜리가 아픈 자신을 도와주고 동생들을 보살피고 했다는 사실은 엄마에게 두고두고 큰 딸인 나를 고맙게 생각하는 계기가 된 것 같다. 그렇게 한동안 우리 집은 경제적으로도 정신적으로도 힘들었던 시기를 보내야 했다.

떠나는 사람들

|

　우리 주인집. 즉 내 친구, 순이네 가게는 날로 번창했다. 순이네 아빠는 잠시도 쉬지 않고 부지런히 일하며 가게에 필요한 물건을 자전거를 타고 떼어 오곤 했다. 순이네 집은 가게에 딸린 집과 뒤편에 방 네 개가 있는 또 한 채의 집이 있었다. 우리는 가게 옆에 있는 방 하나를 전세로 살았고 뒤채는 내 친구 금이네를 포함해 방마다 세 들어 사는 사람들이 있었다. 순이네는 사글세라고 부르는 형태의 다달이 월세를 내는 세입자가 네 집이나 되고 장사도 매우 잘되어서 동네에서는 알부자로 알려졌다.

　학교에 가는 길에서 위쪽으로 조금 올라가면 '동방'이라고 부르는 곳이 있었는데 그곳은 부잣집이 많은 곳이었다. 집들의 대부분은 큰 저택이었고 높은 담장에 대문도 매우 컸다. 어느 날 순이네가 가게를 팔고 '동방'으로 이사 간다는 소문이 마을에 퍼졌다. 또한 가게와 집이 이미 팔렸다는 말도 돌았다. 엄마는 헛소문일 거라고 했지만 그건 사실이었다. 소문과 다른 것은 순이네가 이사 가는 곳이 집값이 엄청나게 비싼 '동방'에 있는 주택이 아니고 그 전 초입에 있는 아담한 양옥이라는 것이었다.

우리 집을 포함한 세입자들은 사방으로 이사를 가야 했다. 새로운 주인이 집을 헐고 건물을 짓는다고 했기 때문이었다. 겨울의 끝자락이라 꽤 추웠던 날, 리어카에 살림살이를 싣고 우리는 장위동을 떠났다. 초등학교 졸업을 얼마 앞둔 시기였다. 이사 간 집은 그리 멀지 않은 곳에 있었지만 한동안 낯설고 서먹했다. 새로운 집은 방이 두 칸이고 다락방도 있는 곳이었지만 자려고 눈을 감으면 먼저 살던 단칸방이 있는 그 동네가 눈에 아른거렸다. 해가 어둑해질 때까지 늘 붙어 다니던 친구들. 수없이 올라갔던 뒷산. 그리고 여자아이들이 놀던 고무줄을 끊고 도망치던 남자아이들과

추억 속의 그 집

그 애들이 고소하게 구워주던 개구리 다리와 메뚜기의 짭
짜름한 맛.

그 후 이야기

|

　장위동을 떠난 뒤에도 우리는 가끔 그 동네 소식을 들었다. 금이네는 멀리 가지 않고 바로 옆에 집을 얻었기 때문이다. 집과 가게를 팔아서 양옥으로 이사 간 주인집은 순이의 오빠 명철이가 말썽을 피운다고 했다. 딸만 셋 있는데 유일한 아들이라고 금쪽같이 귀하게 여기던 그 아들이었다. 고등학생 신분으로 여학생을 임신시켰고 그 여학생이 학교를 그만두고 순이네 집으로 들어와 아기를 낳았다는 것이다. 명철이 또한 학교에서 퇴학당하고 아기를 돌보며 살고 있다고 했다. 아들 마음껏 공부시키고 유학도 보내려고 계획했던 부모의 바람과는 거리가 먼 자식의 행로였으니 인생이란

참 알 수 없는 일이었다.

금이의 새엄마는 또 아기를 낳아서 동생이 다섯 명이 되었다. 동네서 조금 떨어진 집에 살았던 숙이의 오빠는 데모하다가 군대에 끌려갔다고 했다. 공부를 잘해서 서울대학교에 합격했던 그 오빠는 키가 크고 얼굴이 잘생긴 미남이었다. 그리고 우리가 이사 간 후 삼 사 년 정도 되었을 때 숙이의 엄마가 유방암으로 돌아가셨다는 소식을 들었다. 엄마는 그 소식을 듣자 눈물을 흘렸다. 알고 보니 아버지의 사업자금 일부를 숙이엄마에게 빌렸는데 어려운 형편에 이자는 주지 못하고 나중에 원금만 간신히 갚았다는 것이다. 빚 받으러 왔다가 아파 누워있는 엄마를 보고 복숭아 통조림을 사다 주고 갔다는 숙이엄마. 생각해 보면 모두가 마음 따뜻한 분들이었다.

장위동 소식은 금이네의 이사로 끝이 났다. 금이와는 한동안 소식이 끊겼다가 꽤 오랜 후에 금이가 결혼하게 되면서 다시 만났는데 늘 나를 부러워했다고 말했다.

가난하긴 했지만 챙겨주는 엄마가 있고 서로 아껴주며 살아가는 화목한 가정이 부러웠다는 금이. 새엄마 밑에서 다섯이나 되는 동생들과 부대끼면서 마음고생을 많이 한 금이 입장에선 친엄마가 있는 내가 부럽기도 했을 것이다.

계속되는 아버지의 사업 실패와 몸이 약했던 엄마, 아버지. 늘 결핍이란 단어가 따라다니던 시절이었다. 그럼에도 돌이켜보면 가난했지만 밥상에 마주 앉아 많이 먹으라고 챙겨주던 부모님이 계셨고, 애틋한 동생들이 있어 좋았다. 내 유년을 떠올리면 제일 먼저 생각나는 마을의 풍경들과 아직도 눈앞에 아스라이 떠오르는 수많은 얼굴들. 여전히 보고 싶은 친구들이 있기에 장위동은 나에게 잊히지 않는 영원한 추억의 이름이다.

추억 속의 그 집

제3부 축의 속의 그 집

나에게 외로움이란

|

나는 어딘가로 걸어가고 있었다. 예닐곱 살쯤 되었을 때다. 주변에는 아무도 없었다. 엄마 아빠는 어디에 있는 것일까. 눈물이 그렁그렁한 눈으로 나는 앞만 보고 계속 갔다. 날은 조금씩 어두워지고 발걸음도 느려졌다. 어디선가 웅성거리는 소리가 들렸다. 누군가 내 이름을 부르고 있는 것 같았다. 나는 발걸음을 멈추고 돌아보았다.

"아이고, 이 녀석아. 너 어디 가니. 할아버지 할머니가 찾고 있는데,"

할머니 앞집에 사는 동네 아저씨였다. 아저씨가 업으라고 등을 내주었고 나는 그 등에 업혀서 잠이 들었다. 눈을 떠

보니 할머니 품에 안겨 있었다. 걱정스러운 할머니의 눈, 할아버지의 눈도 가까이에서 나를 내려다보고 있었다. 나는 또 잠이 들었다. 잠결에 두런두런 할아버지 할머니 음성이 들렸다. 엄마가 동생을 낳고 산후조리 하려고 나를 할머니 집에 맡겨놓고 갔다고 했다.

엄마는 언제 간 것일까? 나한테 말도 안 하고 가버렸다. 몇 밤만 자고 나면 엄마가 올 줄 알았지만 오지 않았다. 할아버지 할머니의 품이 따스했지만 밤이 되면 엄마가 그리웠다. 해 저물 무렵 시야가 어둑어둑해지면 나는 혹시나 엄마가 올까 하고 대문 밖을 쳐다보곤 했다. 그날은 기다려도 오지 않는 엄마를 찾으러 가던 중이었을 것이다. 가도 가도 아무도 보이지 않는 길. 가끔 청솔모가 지나가기도 하고 노루도 지나다니는 길이었다. 내가 없어진 걸 알아챈 할머니와 할아버지가 마을 사람들까지 동원해 찾고 있었는데 그 아저씨가 나를 발견하게 된 것이다.

할머니 집에서 살던 동안은 엄마 생각만 나지 않으면 재미있었다. 할아버지 할머니는 항상 내 편이었고 삼촌들도 고모도 늘 다정했다.

추억 속의 그 집

그 시기의 기억은 단편적으로만 나에게 존재한다. 오지 않는 엄마를 한없이 기다리던 날들. 기다려도 오지 않는 것이 있다는 것을 초등학교도 들어가기 전에 나는 이미 경험했다. 그 경험은 서울 집으로 돌아간 후에도 아릿한 슬픔으로 내 안에 남아 있었다.

할머니 집에 있을 때는 엄마 아버지가 그리웠는데 집에 오니 할머니, 할아버지가 그리웠다. 혹시 야단이라도 맞으면 할머니 집에 데려다 달라고 떼를 쓰기도 해서 엄마를 곤란하게 하기도 했다.

어린 시절 잠시 집을 떠나있던 기억 때문인지 나는 외로움을 많이 타는 편이다. 특히 해가 질 무렵 혼자 있으면 서럽기도 하고 외롭기도 한 느낌이 왈칵 올라 올 때가 있는데 시골 할머니 댁에서 엄마를 기다릴 때와 비슷한 감정이다. 그 모호한 느낌은 아직도 내게 존재하고 있고 가끔 그 시절의 꿈을 꾸기도 한다. 살짝 슬프기도 하지만 감미롭게도 느껴지던 그때의 기억.

타인에 비해 외로움을 더 느끼는 사람이 사회적 공감 능력이 높다는 연구 결과가 있다고 한다. 나의 경우를 보면 그

연구 결과가 틀린 것 같지는 않다. 내가 외로운 만큼 다른 사람의 외로움도 빨리 느껴지고 마음이 와 닿기도 하니 말이다. 지금도 나는 때때로 외롭다.

추억 속의 그 집

고무신 겹쳐 신고

|

어느 날, 할머니네 마을에 엿장수가 들어왔다. 큰 가위를
째깍째깍 거리면서 엿판을 펼쳐놓으면 사람들이 떨어진 고
무신이나 구멍 난 솥단지 등을 가져다주고 엿하고 바꿔 가
져갔다. 엿이 먹고 싶었던 나는 할머니가 엿장수 아저씨한
테 바꿔 먹을 물건을 가지고 나가기만 기다리고 있었다. 그
런데 아무리 기다려도 할머니는 방에서 나올 기척도 없었
다. 안절부절 못하고 있던 순간, 댓돌 위에 할아버지의 새하
얀 고무신이 보였다. 그 고무신은 얼마 전 할머니가 장에 가
서 사 오신 새 신발이었다. 눈앞에 엿이 어른거린 나는 할아
버지의 새 고무신을 가져다 엿을 바꿔 먹기로 마음먹었다.

그런데 고무신을 들고 가는 것이 문제였다. 나는 기발한 꾀를 생각해 냈는데 그건 할아버지의 고무신을 내 신발에 겹쳐서 신고 나가는 것이었다.'살금살금'나는 신발을 신은 채로 할아버지의 고무신을 겹쳐 신고서 밖으로 살짝 나갔다. 엿장수 아저씨는 내가 가져온 새 고무신이 아무래도 미심쩍은지 고개를 갸우뚱 하며 내 얼굴을 한참 쳐다보았다. 하지만 이내 굵은 엿 몇 가락을 손에 쥐어 주고는 엿판을 정리하고 마을을 떠나갔다. 그렇게 할아버지의 새 고무신은 엿으로 바뀌어져 내 뱃속으로 들어가 버린 것이다. 막내 작은아버지는 지금도 나를 만나면 그 이야기를 하시며 놀리곤 한다. 고무신 겹쳐 신고 가서 엿 바꿔 먹은 꾀돌이라고.

　　할머니 집에서 살았던 시절을 생각하면 막내 고모를 빼놓을 수 없다. 나이 차이가 많지 않았던 고모는 고모라기보다는 언니 같다고 해야 맞을 것 같다. 막내 고모가 학교에 갔다 올 때가 되면 나는 동구 밖에 서서 고모를 기다리곤 했는데, 고모는 학교에서 나눠준 옥수수 가루로 만든 빵을 반절을 남겨서 나에게 가져다주곤 했었다. 작은 옥수수 알갱이가 씹히는 그 맛은 고소하고 맛이 있었다. 지금 생각해 보면

추억 속의 그 집

고모는 먹고 싶은데 나를 주기 위해 남겨 온 것 일 게다. 늘 떼를 쓰고 욕심을 부린 나 때문에 고모는 손해를 보기도 했다. 가끔 할머니가 장에 다녀오면서 껌이나 과자를 사다 줄 때도 있었는데 나는 내 몫을 다 먹고 고모 것까지 더 달라고 떼를 쓰기도 했다. 한 번은 내 몫의 과자를 일찍 먹어버리고는 아직 반이나 남아 있는 고모의 과자를 낚아채 가버린 일도 있었다.

그래도 할머니 할아버지는 내 편이었다. 새 고무신으로 엿을 바꿔 먹어도, 고모의 과자를 낚아채 가도 야단치기보다는 감싸주셨다. 갓 태어난 동생 때문에 할머니 집에 맡겨진 나는 할아버지 할머니에겐 늘 애틋한 손주였을 것이다. 어떤 말썽을 부려도 혼나지 않을 것이라는 자신감이 그런 행동을 할 용기를 준 것은 아니었을까?

몇 달간 할머니 집에서의 생활을 마치고 나는 서울 집으로 돌아왔다. 시골 할머니 집에서 꾀 많고 욕심을 부리던 나는 서울 집에 와서는 달라져야 했다. 첫째 남동생 이후 동생이 두 명 더 태어나서 나는 사남매의 맏딸이 되었기 때문이다. 엄마는 동생들을 잘 보살펴야 한다고 누누이 말했기 때문에 동생들을 보살피고 양보하는 것이 맏딸인 내가 당연히 해야 될 도리라고 생각을 했던 것 같다.

엄마 아버지와 떨어져서 할아버지 할머니, 삼촌 고모와 지낸 그 기간을 뭐라고 표현할 수 있을까. 때론 감미롭기도 하고 때로는 슬프기도 했던 기억들. 엄마 아버지와 떨어진 결핍은 있었지만 할머니 할아버지의 한없는 사랑을 받았던 날들. 그 시간은 다시 오지 않지만 그때 받은 사랑은 따듯한 온기로 남아있다.

추억 속의 그 집

외할머니

|

외할머니가 생각난다. 외갓집에 가면 늘 환하게 웃으며 내 강아지! 하고 반겨주시던 할머니. 지금도 눈에 선한 것은 손에 물 묻히고 일을 하고 계시다가도 집으로 들어서는 나를 보면 앞치마에 서둘러 손을 닦고 달려와 안아 주곤 하던 모습이다.

할머니의 집은 동덕여대가 보이는 언덕에 있었다. 집 뒤쪽 가까운 곳에 산이 있었는데 채석장이었던 것 같다. 가끔 할머니 집에 가서 놀고 있을 때면 뭔가 터지는 소리가 들려올 때가 있었는데 '남포' 소리였다. 나중에 알고 보니 다이너마이트 터뜨리는 소리였다. 할머니는 그 소리가 들리면 달려와서 내 귀를 두 손으로 막아주곤 했지만 어린 나는 그 소리가 재미있었다. 언제 또 터지는 소리가 들리는지 기다렸던 생각이 난다.

따끈한 쌀밥과 갓 구운 고등어 한 토막, 그리고 따끈한 된장찌개. 할머니는 맛내기 요리사였다. 어떤 음식이라도 정갈하고 맛깔스럽게 뚝딱, 만들어 주곤 했는데 무엇이라도 입에 감기는 맛이어서 집에서는 입맛이 짧았던 나도 한 그릇을 맛있게 먹었던 기억이 난다. 특히 할머니가 구워주는 간 고등어는 정말 맛이 있었다. 돌아오는 길이면 속바지 주머니에서 돈을 꺼내어 손에 쥐어주기도 하였다.

할머니는 내가 초등학교를 졸업할 무렵 할머니의 고향인 보성군 율포해수욕장 근처 바닷가 마을로 귀향했다. 거리가 멀어져서 오랜만에 시골 할머니 댁에 가면 우리가 도착하기도 전에 마을 입구 느티나무 아래서 할머니는 기다리고 계셨다. 할머니 집은 바로 앞이 바다였다. 썰물 때 할머니를 따라 '쏙'을 잡으러 가기도 했는데 가재처럼 생긴 모양에 진흙 속에서 사는 작은 갑각류였다. 흙 속에 조그맣게 구멍이 나 있는 곳을 발견하면 장갑 낀 손으로 쏙, 하고 꺼

추억 속의 그 집

내서 쏙이라고 부른다는 것을 나중에 알았다. 무서워서 나는 별로 잡지 못했지만 할머니는 빠른 시간에 꽤 많은 양을 잡았다. 팬에 기름을 두르고 살짝 튀겨 주시는 할머니의 쏙 요리는 고소하고 맛있어서 외갓집을 생각하면 생각나는 음식이기도 하다.

할머니 집 대청마루에서 보던 해 저물 무렵의 노을은 어린 내 눈에도 정말 예뻤다. 크고 붉은 해가 어느 순간 바다로 뚝, 떨어지고 빨간 노을이 사방으로 퍼질 때 충격적일 정도로 아름다웠던 기억. 지금도 할머니 집 마루에서 바라본 그날의 낙조가 한없이 신비로운 모습으로 남아있다.

할머니는 구십오 세까지 장수 하였다. 작은 키에 온화한 성품이었던 할머니는 매사에 긍정적이고 화를 내는 법이 거의 없었다. 첫 손주였던 나를 유난히 예뻐해 주셨는데 떠나시기 이틀 전, 마지막으로 찾아뵈었을 때 다른 사람들은 다 몰라보면서도 오랜만에 보는 나는 이름을 부르면서 알아보셨다.

아쉬운 것은 마지막으로 뵙고 돌아온 이틀 뒤, 할머니의 임종 소식을 들었지만 먼 거리에다 몸살이 걸려서 장례식에 참석하지 못한 것이다. 지금은 하늘에서 편안히 영면하고 계시리라 믿는다.

할머니를 생각하면 환하게 웃으며 안아주시던 모습. 속바지 주머니에 넣어 둔 구겨진 돈을 꺼내어 손에 쥐어주던 모습과 따뜻한 쌀밥, 갓 구운 고등어 된장찌개가 있던 밥상이 생각난다. 그 사랑은 이 세상을 살아가는 나에게 때로는 위로를 때로는 온기를 느끼게 해 주는 힘이 되었다.

외할머니는 한없는 사랑이었다.

꽃 대신 열무를 인 엄마

|

그때 엄마 나이 서른셋. 지금으로 치면 한창 꽃다운 나이의 엄마는 무거운 열무를 머리에 이고 살아야 했다. 내가 초등학교 다닐 때 몸이 약해 일을 못하던 아버지 대신 엄마가 가장 노릇을 했었다. 가난했던 70년대, 살림만 하던 주부가 돈 벌기는 쉽지 않았다. 그럼에도 아픈 남편에 여럿 되는 자식들이 있으니 어떻게든 돈은 벌어야 했다.

엄마는 고심 끝에 열무장사를 하기로 했다. 옆집에 사는 아주머니를 따라 밭에서 열무를 받아 시장에 내다 파는 일을 시작했다. 열무밭에서 시장까지는 삼십 분도 더 걸리는 거리였다. 키가 작고 마른 체격의 엄마가 열무가 가득 든 커다란 대야를 머리에 이고 가는 모습은 금방이라도 넘어질 것 같이 위태로웠다. 큰딸인 나는 그런 엄마를 보면서 아픈 아버지가 원망스럽기도 했고 엄마의 그런 모습을 친구들이 볼까 걱정되기도 했다.

한번은 학교를 마치고 집에 오는 길에 열무를 잔뜩 이고 있는 엄마를 만났는데 마침 그 자리에 짝꿍도 함께여서 나는 모른 척하고 지나쳐 버렸다. 나를 보고 반가움에 웃는 엄마를 매몰차게 뒤로 하고 빠른 걸음으로 피해버린 나. 그런데 엄마는 행여 기 죽을까봐 그런 내 행동을 야단치지 않았다.

시간이 흘러 결혼을 하고 자식을 낳고 보니 엄마의 그 마음을 알게 되었다. 엄마를 보고 모른 척하던 어린 내가 보일 때가 있다. 삶이 마음대로 되지 않을 때, 지치고 힘들 때면 울 엄마는 가난하고 힘든 그 시절을 어떻게 살아냈을까 하는 생각이 들면서 목 깊은 곳에서 무언가가 울컥하고 올라오기도 했다.

긴 시간이 지나 갈래머리 어린 소녀였던 나는 그때의 엄마보다 더 나이가 많아졌다. 까마득한 그날로부터 지금까지

추억 속의 그 집

우리 가족에게는 아주 많은 일들이 있었고 엄마는 백발의 노인이 되었다. 엄마는 그동안 무수히 이사를 했고, 때로는 눈물이고 때로는 웃음이기도 한 세월을 건너왔다.

그럼에도 엄마는 여전히 나와 동생들을 걱정하고 우리를 위한 기도를 빼놓지 않는다. 엄마의 그 기도는 우리 가족이 살아가는 힘이고 위로가 되었다.

눈이 그치고 맑은 날이 오면 엄마를 만나러 가야겠다.

아버지

|

아버지를 찾아가는 길에는 무수한 묘, 즉 봉안 묘지가 있다. 누군가에게는 그리움이며 누군가에겐 아픔이었을 그 앞을 지나 '정남 5-4'에 잠들어 있는 아버지를 만나러 간다. 반평도 되지 않는 아주 작은 사각의 대리석 아래 계시다. 아버지는 지금으로부터 이십여 년 전 어느 날, 낮잠 시간에 크게 코를 골며 주무시다 홀연히 세상을 떠나셨다. '가까운 곳에 계시니 자주 찾아뵈어야지' 했던 마음은 시간과 함께 희미해지고 이제는 일 년에 한두 번 잠시 뵙는 것이 전부이다. 자식이란 원래 그런 건지 아니면 사람의 마음이 그런 건지는 모르지만 아직 이 땅에 살아있는 자들은 그들만의 생활이

더 소중하고 바쁘니 어쩔 수 없다고 스스로 생각한다.

　요 며칠 아버지가 계속 생각났다. 모처럼 어머니를 뵈러 가서 외숙모, 즉 어머니의 사촌 올케를 만나 아버지 이야기를 나눈 까닭일 것이다. 생전에 즐겨하시던 소주 한 병을 사 들고 혼자서 집을 나섰다. 아버지가 가끔 무덤에 술 한 잔 따라달라고 말씀하셨기에 묘소를 찾아뵐 때는 술 한 병 가져가는 것이 자연스럽게 되었다. 생전에 술을 좋아하던 아버지 때문에 어머니는 무던히도 마음고생을 많이 했다. 고관절 수술로 몸이 많이 쇠약해 진 상태에서 가끔씩 드시는 술이 건강에 좋을 리가 없었다. 가까이 사시던 외삼촌, 어머니의 사촌 동생이 가끔 집에 방문했는데 대부분은 아버지가 좋아하시는 술 한 병을 손에 들고 오곤 했었다. 그럴 때면 어머니는 마땅찮은 표정을 지었지만 삼촌은 전혀 개의치 않고 꿋꿋하게 이 삼 일에 한 번씩은 아버지를 찾아왔다. 처남 매부 사이였지만 어찌나 사이가 좋은 지 두 분은 천생연분이었다. 여자도 아닌 남자분들이 어쩌면 그리도 이야기가 잘 통하는지, 주로 삼촌이 이야기를 하고 아버지는 듣는 편이었는데 몇 시간씩 집에 계시다 가도 다음에 오시면 또 이야기가 한 보따리였다. 아버지 별세 후 누구보다도 애석해하던 삼촌도 아버지가 가신 지, 얼마 되지 않아 급작스러운 폐렴으로 돌아가셨다. 숙모는 생전에 각별했던 두 분이 천국에서도 분명히 다시 만나 잘 지내고 있을 것이라고 했다.

굽이굽이 언덕을 지나 끝도 없이 이어진 크고 작은 봉안묘지를 지나가는데 가끔 사람들이 보인다. 그들도 나처럼 부모 중 한 분 혹은 사랑하는 이들을 만나러 온 사람들일 것이다. 정남 5-4로 들어서는 길목 첫 번째 묘지 앞에는 검은 원피스 차림의 여자가 앉아 있다. 예전에는 빈 곳이었는데 근래 주인이 들어온 것인가. 여자는 말없이 대리석 묘지를 바라보고만 있다. 여자가 앉아 있는 곳을 지나 드디어 아버지의 봉안묘 앞에 도착했다. 꽃다발을 꽂아놓고 소주 한 잔 부어 묘지 둘레에 여기저기 뿌리기 시작했다.

'아버지! 저 왔어요. 자주 못 뵈러 와서 죄송해요. 아버지가 좋아하시던 술 한 잔 가져왔어요. 이 다음에 천국에서 다시 만나요.' 잠시 아버지를 뵙고 돌아서는데 그 여자는 여전히 그곳에 있다. 여자가 속으로 울음을 삼키고 있었는지 어깨가 들썩인다. 울음 끝에 작은 소리가 들린다.

추억 속의 그 집

"미안해, 미안해."

미안하다는 말의 의미가 가슴으로 다가온다. 아버지 떠나시기 전. 한 번도 사랑한다는 말 한마디, 감사하다는 한마디 해본 적 없는 딸이었다. 완고한 유교 집안에서 성장한 아버지 역시 자식을 사랑하는 표현을 하지 못했다. 아버지는 단 한 번도 큰소리로 야단을 치지 않았고 매질을 하는 분도 아니었지만 그럼에도 늘 엄하게만 느껴지는 분이었다. 요즘처럼 자식 사랑을 대놓고 하지 못하고 속으로만 담아 놓았던 옛날 아버지들의 사랑 방식일 것이다. 언젠가 아주 어렸을 때, 아버지가 원피스 한 벌을 사 가지고 오신 적이 있다. 아버지가 손수 내게 선물을 사다 주신 것은 내 기억으로는 딱 한 번이었다. 감색 빛이 나는 원피스는 어린 내 마음에 너무나 예뻤다고 생각된다. 처음으로 예쁜 옷을 선물 받고 그 옷을 입고 잠들었던 나. 유일하게 아버지가 애정 표현을 한 기억이다.

다정하지도 못하고 애교도 없는 딸이었던 나는 홀연히 하늘로 떠나가신 후, 한동안은 날마다 아버지에 대한 미안함을 느끼며 살아야 했다. 생각해 보니 아버지의 모든 것이 사랑이었다. 무뚝뚝하고 엄해 보이는 얼굴 뒤에 한없이 따사로운 얼굴로 나를 지켜보고 있었던 아버지. 그 누구도 내 아버지를 대신 할 수 없다는 것을 나는 너무 늦게 깨달은 것이다.

주차장으로 향하는 데 울고 있던 여자가 내려오는 것이 보인다. 나는 잠시 멈춰서 그 여자를 바라보았다. 여자는 빠른 걸음으로 걸어오더니 자동차를 타고 멀어져 가고 있다. 아버지 가신 지 벌써 이십여 년. 여전히 미안함을 품고 사는 나처럼 그녀 역시 오랜 시간을 그렇게 살아갈지도 모르겠다. 미안함이란 어쩌면 떠나간 이들을 그리워하는 사랑의 또 다른 표현일 것이다.

나도 천천히 산길을 내려가기 시작했다.

추억 속의 그 집

고구마

|

　시아버님은 고구마 농사를 지었다. 고구마뿐만 아니라 상추며, 고추, 호박, 가지, 방울토마토도 있다. 나는 가끔 아버님의 밭에 가서 고추며 방울토마토를 따다 먹기도 했다.

　팔순이 넘은 아버님이 농사지은 고구마를 캐는 날은 온 가족이 모이는 날이었다. 미국에 살고 있는 두 딸의 가족을 제외하고 시부모님과 두 아들, 그리고 막내사위까지 동원되었다.

　해마다 10월 3일 개천절 날은 고구마 캐기로 약속한 날이다. 큰아들은 용인, 둘째 아들은 일산, 그리고 막내 사위는 잠실에서 아침 일찍 출발해 아버님의 밭에 모였다. 열서

너 박스, 꽤 많이 수확한 고구마는 자식들 집에 각각 두 상자, 시부모님 댁에도 두 상자. 그리고 가까운 친척들에게도 한 상자씩 배달했다. 아버님표 고구마는 정말 맛있었다. 시중에서 구입한 것과는 비교가 되지 않는 맛이다. 보랏빛 통통한 고구마를 밥에 넣어 먹기도 하고, 구워서 먹기도 했다.

아버님은 실향민 출신이다. 이북에서 김일성대학에 다녔는데 학교에 가면 공부보다는 자아비판 시간이 많았다고 한다. 지주이며 기독교 집안 자녀였던 아버님은 단골로 자아비판을 강요당했고, 결국 입학 후 몇 달 만에 월남을 하였다. 고향 평안북도 용천에서 지주의 외아들로 태어나 고생을 모르고 자란 분이었지만 낯선 남한에서의 생활은 만만치 않았다. 말로 할 수 없는 고달픈 피난민 생활이었지만 천신만고, 하늘의 도움으로 다시 공부를 마치고 교사가 되었다고 한다.

아버님이 고구마 농사를 짓지 못 한 지 몇 년째 되었다. 올해 92세. 연로한 연세에도 직접 농사를 짓고 수확하는 것을 좋아하였지만 몇 년 전부터 그만두었다. 눈이 잘 보이지 않고 힘이 약해진 까닭이다. 늘 건강하게 활동하던 분이 집

안에만 계시는 것을 보는 것은 안타깝다.

그럼에도 아버님은 감사하다는 말씀을 잊지 않는다. 지나온 세월을 돌이켜보면 어려울 때마다 늘 누군가의 도움이 있었다고 회상한다. 먹을 것, 입을 것 귀하던 시절. 교사의 박봉으로 다섯 남매를 키워 대학까지 보낸 것이 기적이라고 가끔 말씀하기도 했다.

가난하던 시절, 힘들게 공부하는 제자가 안쓰러워 조금의 도움을 주었던 적이 있었단다. 그 제자가 훗날 성공해서 미국까지 초대하여 여행을 시켜 준 적이 있었다. 지금도 해마다 5월, 스승의 날이 되면 시부모님 댁에는 예전 제자들이 잊지 않고 보내주는 감사의 선물이 배달된다. 누구에게도 싫은 소리 안 하고 다정하게 챙겨주시던 시아버님은 누구보다 정이 많고 따뜻한 성품을 지닌 분이다. 해마다 문학상을 탄 소설이 발표되면 책을 사서 내게 선물하기도 하셨다.

그런 시아버님이 올해 장을 잘라내는 수술을 하였다. 커다란 혹이 대장 밖에 자라나 있어서 제거하는 대수술이다. 9센티미터나 되는 혹이 대장을 누르고 있어 선택의 여지가 없었다. 수술실에 들어가는 날, 아버님의 손을 잡아드렸다.

늘 크게 보이던 분이 아주 자그마하게 보였다. 수술을 마치고 중환자실에 입원 중에는 섬망 증상을 보이기도 했다. 의사는 중환자나 고령 환자에게 나타나는 마취의 부작용이므로 낯선 간병인보다는 가족이 곁에 있는 것이 좋다고 했다. 두 아들과 사위가 교대로 간병하였고 다행히 며칠 지나자 섬망 증상도 사라졌다. 고령이라 염려가 컸지만 아버님은 씩씩하게 잘 이겨내고 퇴원을 하였다. 수술이 잘 되어 예전처럼 소화가 잘 된다고 한다.

예전 아버님의 밭은 이제 다른 사람이 경작하고 있다. 그 밭에는 여전히 고구마 농사를 짓는다. 아버님은 이제 손수 고구마 농사를 짓지는 않지만 해마다 그분에게 열 박스의 고구마를 구입한다. 고구마를 구입해 오는 심부름은 남편의 몫이다. 올해도 10월이 되자 남편은 열 상자의 고구마를 가지고 시댁으로 갔다. 시부모님 댁과 우리, 그리고 시동생 시누이네 골고루 두 상자씩 배분이 되고 친척들에게도 택배를 보냈다.

가을이 깊어 가는 날. 베란다에 나가 본다. 열어 둔 창에서 들어오는 바람이 제법 차다. 곧 겨울이 오겠구나. 고구마

추억 속의 그 집

가 보인다. 지금, 인생의 겨울을 보내고 계신 시아버님의 나

날이 따뜻했으면 좋겠다.

영원한 친구

|

아들 철이가 드디어 결혼을 했다. 벚꽃이 곱게 핀 4월의 아름다운 날, 키가 훌쩍 크고 얼굴이 뽀얀 여자 친구를 소개해 주더니 몇 개월 지나서 환한 미소와 함께 품절남이 되었다. 내 눈에는 늘 솜털이 뽀송한 어린아이 같아 보이는데 이제는 한 가정을 이끌어 가야 할 가장이 된 것이다.

중학생 때부터 교사가 되고 싶다더니 그 꿈을 이루고 사랑하는 이를 만나 행복한 결혼식을 올린 아들이 대견한 생각이 들지만 언제 저렇게 자라 어른이 되었을까 싶기도 하다.

아들이 초등학교 다녔을 때가 생각난다. 당시 살았던 아파트 단지에 매주 목요일이면 이동도서관 차가 왔었다. 평소에도 늘 손에서 책을 놓지 않았던 터라 아들의 손을 잡고 가서 도서 대출 카드를 만들었다.

처음 신규 회원이었을 땐 두 권만 빌려 볼 수 있었는데 한 주도 빼놓지 않고 꾸준히 이용했더니 우수회원이 되어 나중에는 꽤 많은 권수도 빌려다 볼 수 있었다. 덕분에 박경리 선생의 대하소설 '토지'를 전체 빌려다 볼 수 있었고 참 많은 감동을 받았다.

아들도 그로 인해 독서에 취미를 붙이게 되어 늘 목요일을 기다렸다. 나와 아들은 다정히 손잡고 책을 빌리러 가곤 했는데, 대출해 주던 직원은 초등학생이 너무 대견하다며 칭찬해 주곤 했었다. 그럴 때면 감사합니다! 하며 맑은 웃음을 짓던 아들의 모습이 지금도 생각난다. 돌이켜보면 그 시절이 아들에겐 삶을 위한 자양분을 촉촉이 빨아들이고 저축하는 시기였던 것 같다.

경주로 수학여행을 다녀와서 기행문을 제출했을 때 잘 썼다고 선생님께 칭찬받았다면서 그동안의 독서 활동이 많은 도움이 된 것 같다고 스스로 뿌듯해하기도 했다. 나 또한 아들과 함께 책을 빌려 읽고 공감했던 그때가 내 인생에서 참 소중하고 행복한 추억으로 가슴에 남아 있다. 아들은 성장하여 내 품을 떠났지만 뒤돌아보니 다시는 돌아가지 못할 그 시절이 아련히 그립고 애틋하기만 하다. 이동도서관 덕분에 책을 좋아하고 독서를 생활화하던 아들은 국어 교사가 되었고 자신의 직업에 만족하고 행복하다고 한다.

책은 내가 살아온 인생의 길잡이였다. 어린 시절 구할 수만 있다면 무조건 책을 읽었고 책 속에서 위안을 받고 힘을 얻을 수 있었다. 초등학교 5학년 때였던 것 같은데 당시 내 짝이었던 친구는 아버지가 신문사 기자로 그 아이의 집에 가면 위인전 등 전집과 여러 가지 책이 정말 많았다. 친구의 배려로 그 많은 책을 마음껏 가져다 읽을 수 있었던 건 지금 생각해도 매우 큰 축복이었다는 생각이 든다. 얼굴이 하얗고 웃는 모습이 예뻤던 그 아이는 지금 어디에서 살고 있을지. 이사를 가면서 소식이 끊긴 옛 친구가 문득 그립다.

그때 친구네 집에서 빌려 온 미국작가 해리어트 스토의 '엉클 톰스 캐빈'을 읽고 난 뒤에 느꼈던 충격이 떠오른다. 불합리한 노예제도라는 것이 민주주의의 나라라고 알려진 미국에 있었다는 것을 알게 되었고 인간은 존귀하며 그 생명의 가치는 누구도 절대 해칠 수 없다는 것을 그때 강하게 느꼈다. 가혹한 매질에 죽어가면서도 자신이 노예로 팔렸다고 영혼까지 팔린 것은 아니라며 울부짖던 톰 아저씨의 절규에 한없이 안타까웠던 기억. 사람을 사고파는 것으로 이익을 챙기는 노예상에게서 자식을 지키기 위해, 그리고 생명 같은 자유를 위해 목숨을 내놓고 미시시피강의 얼음 위를 달려가는 '일라이자'의 모습은 지금도 눈앞에 보이는 듯하다.

책이 내게 구원이고 힘이었던 시절. 돌아보면 모두가 가난해 보이던 시절에 문학소녀라는 이름은 미래를 향한 이정표가 되어 주었고 그러므로 위로받고 살았던 것 같다. 만약 그 시절에 책이 없었다면 그 어려운 시기를 무엇으로 견뎌냈을지 모르겠다.

요즘은 아들이 아닌 남편과 함께 도서관을 간다. 다행히 남편도 책을 좋아해서 함께 가는 도서관 나들이는 즐거운 시간이다. 오래전 그때처럼 이동도서관을 기다리지 않고 책을 빌려다 볼 수 있어 좋다. 동네마다 읽고 싶은 책을 마음껏 읽을 수 있는 도서관이 있다는 것은 얼마나 큰 축복인지 모른다.

이번 주에는 오래전 읽었던 고故 박완서 작가의 등단작 '나목'을 다시 빌려왔다. 박완서 작가는 박수근 화백과의 인연으로 이 소설을 쓴 것을 알고 있기에 얼마 전 강원도 양구의 '박수근 미술관'을 다녀온 후 다시 한 번 천천히 읽어보고 싶은 마음이 들었기 때문이다.

책 속에서 나는 박완서 작가도 만나고, 수많은 시간을 뛰어넘어 황진이도 만나고 헤밍웨이도 만난다. 책은 내가 살아 온 인생에서 가장 소중한 친구였다. 처음 함께 했던 그때로부터 지금까지 변함없이 내 곁에 있어 주는 벗이기에 앞으로도 그와 동행하며 살아갈 것이다. 책은 영원한 내 사랑이다.

추억 속의 그 집

가을 풍경

|

"구절초 축제를 한다는데 한 번 다녀올까? 가을이라 날씨도 선선하니 바람도 쐴 겸."

남편의 말에 고개를 끄덕였다. 살짝 안개가 낀 10월의 어느 날. 한산한 느낌의 고속도로를 달려서 구절초 축제장에 도착했다. 징검다리를 건너서 맑은 물이 흐르는 하천을 지나 야트막한 동산으로 가야 한다. 울긋불긋, 아직 만산홍엽은 아니지만 나름 예쁘게 물든 단풍도 가을을 가득 느끼게 한다. 살짝 경사진 야산을 향해 걸어 올라가자 조금씩 하얀 꽃이 눈에 들어온다. 수려한 소나무 숲 아래 순박한 옛 여인처럼 새하얀 구절초 꽃밭. 소나무 향이 코끝으로 스치고 지나간다. 감탄을 연발하는 내게 남편이 으쓱하는 표정을 짓는다. 오길 잘했지? 하는 표정이다. 아름답다고 하기엔 너무나 수수한 꽃. 고개를 숙여 구절초를 바라보다가 왈칵, 목이 메었다. 양 갈래로 머리를 묶은 초등학생 여자아이와 대접에 든 뭔가를 마시라고 권하고 있는 젊은 엄마가 눈앞에 떠올랐기 때문이다.

어린 시절 해마다 음력 9월 9일이 되면 새벽 일찍 뒷산에 올라가 구절초를 캐 오던 엄마였다. 동네 아주머니들 몇몇과 함께 캐 온 구절초를 펌프 물에 씻으면서 두런두런 나누는 이야기 소리에 잠이 깨던 기억. 내 눈에는 하얀 꽃만 보이는데 약초라고 해서 도대체 저것이 무슨 약이 될까 의아하게 생각하곤 했었다.

가장 어려운 것은 구절초 다린 물을 마시는 일이었다. 얼마나 쓴지 얼굴이 저절로 찌푸려지는 구절초 물을 엄마는 내게도 주곤 했다. 구절초 물은 특히 여자들한테 좋은 약이라고 했다. 안 먹겠다고 투정을 부리곤 했는데 결국 마시게 된 이유는 엄마 손에 들린 박하사탕 때문이었다. 하얀 설탕이 묻은 박하사탕은 정말 달콤하고 맛있었다. 그렇게 한바

추억 속의 그 집

탕 구절초 전쟁을 치르고 나면 얼마 지나지 않아 하얗게 눈이 내렸다.

옛날 생각에 잠시 주춤하던 나는 남편의 재촉에 마음을 가다듬고 다시 전망대를 향해 걸어갔다. 전망대에 올라가 아래를 내려다보니 보랏빛 화려한 꽃의 바다가 펼쳐져 있다. 어릴 때부터 유난히 좋아했던 보라색, 아스타 국화의 아련하고 오묘한 색감이 가슴에 파문을 준다. 남편을 처음 만났을 때도 보랏빛 트렌치코트를 입고 나간 기억이 난다. 생각해보니 그때도 하늘이 유난히 맑았던 10월의 어느 날이었다. 훗날 남편은 단발머리에 보라색 트렌치코트를 입은 모습이 단아하면서도 우아하게 보여서 매력을 느꼈다고 했던 것 같다. 아직도 그 말이 진행형인지는 잘 모르겠지만.

"당신 좋아하는 보라색 꽃이 한가득이네!"

남편의 음성에 고개를 들었다. 보라, 보라의 섬. 마치 꽃으로 가득한 섬에 들어온 것 같다. 보라를 향해 걸어간다. 지금까지 보았던 보라색보다 더 많은 보라를 한꺼번에 만난 날이다. 소녀 시절로 돌아가 마음껏 포즈를 취해 본다. 주변에 많은 사람들도 서로 사진을 찍느라 바쁘다. 구름도 거의 없는 맑고 푸른 하늘 아래. 모두들 꽃에 취하고 사람에 취하고 있다. 내 옆에는 아기를 안고 온 젊은 부부가 딸랑이를 흔들며 사진을 찍는다. 까르륵! 웃고 있는 아기가 꽃처럼 예쁘다.

어느새 사람들의 행렬이 점점 더 많아지고 있다. 구절초와 보라 꽃에 묻혀 있다보니 시간이 제법 지나간 것이다. 다음 코스를 위해 그만 가자는 남편의 말에 아쉽지만 내려가기로 했다. 가을빛 완연한 날, 꽃과 함께 한 하루가 너무 행복했다. 오늘이 지나고 나면 추억이라는 이름으로 내 인생의 행복한 하루가 저장될 것 같다.

추억 속의 그 집

추억 속의 그 집

|

아차, 했지만 이미 늦었다. 내부 순환로 쪽으로 들어가려다가 순식간에 옆 차선으로 들어가 버렸다. 모처럼 복잡한 서울에서 운전을 하다 보니 생긴 일이다. 태어나고 자란 곳이 서울이지만 내게는 늘 복잡하고 힘든 서울 길 운전이다. 당황해 하고 있는 눈앞에 불광동이라는 표지판이 보인다.

불광동! 그 집이 생각난다. 희미한 내 기억에 의하면 버스를 갈아타고 꼬불꼬불한 고개를 넘어 그 집에 갔던 것 같다. 버스에서 내려 한참을 걸어 올라갔던 경사진 언덕이 떠오르고 좁은 골목이 생각난다. 지대가 높아서 마을이 훤히 내려다보이던 골목 끝 막다른 집. 손톱에 빨갛게 물들였던 봉숭아 꽃물의 기억. 그리고 희끗한 머리카락을 날리며 아스라이 작아질 때까지 손을 흔들고 서 있던 여인의 모습도 떠오른다.

내가 기억하는 동네의 모습은 흔적도 없이 사라지고 눈앞에 온통 고층아파트가 가득하다. 아파트를 바라보는 순간, 친구 연이의 얼굴이 떠오른다. 소식이 끊어진 지 얼마나 된 것일까. 지금 만나면 얼굴도 알아보기 힘들 만큼 많은 세월이 흘러버렸는데 불광동, 이라는 이정표를 보는 순간 수십 년간 잊고 살았던 친구의 얼굴이 눈앞에서 피어나고 있다.

연이는 내가 좋아하는 배우 '잉그리드 버그먼'을 닮은 살짝 보이시하게 생긴 미인이었다. 처음 연이의 짧은 커트 머리를 보는 순간 <누구를 위하여 종은 울리나>의 '마리아'가 떠올랐다. 20대 시절, 직장에서 연이를 처음 만났는데 무슨 옷을 입어도 모델처럼 멋진 스타일을 연출 할 줄 알았던 감각이 있는 친구였다. 그런 모습이 처음에는 깍쟁이 같았지만 시간이 흐를수록 진솔하고 따뜻한 성품을 느낄 수 있었고 취향이 비슷한 우리는 금방 친해졌다. 키는 나보다 컸지

추억 속의 그 집

만 몸매가 비슷했던 우리는 서로의 옷을 바꿔 입고 외출을 하기도 했다.

어느 여름날, 연이가 자신의 어머니 집에 가자는 말을 듣고 따라간 곳이 불광동이었다. 당시 연이는 자취를 하고 있었다. 집이 서울인데 자취하는 것이 이상했지만 멀어서 그런가보다 생각했다. 나름 예를 차린다고 사이다 두 병을 사들고 간 기억이 난다. 대문을 열고 들어가면 아담한 꽃밭이 먼저 보였는데 작은 꽃들이 가득 심어져 있었다. 키 작은 채송화가 잔디처럼 피어 있었고 봉숭아, 분꽃, 맨드라미가 한창이었다.

집은 위채, 아래채로 나뉘어 있었는데 위채에는 신혼인 오빠네 부부가, 아래채에는 어머니가 거주하고 있었다. 높은 지대라 그 집에서는 동네가 훤히 내려다보였다. 집은 낡은 편이었지만 어머니가 거주하는 아래채 거실에서 보이는 전망은 너무나 아름다웠다. 경사진 언덕 아래에 수많은 집들이 보이고 사이사이 푸른 하늘이 들어와 있었다. 내려다보이는 집들 마당에는 빨랫줄에 널어놓은 빨래가 바람에 흔들리고 있었고 세발자전거를 타고 놀고 있는 아이들의 모습도 보였다. 정겨우면서도 멋진 풍경에 감탄하고 있는 동안 친구의 올케언니는 정성스럽게 따끈한 밥을 지어주었고 한 없이 어질게 보이는 어머니는 많이 먹으라며 다독거려 주곤 했다.

점심 식사를 하고 난 뒤, 마당 평상에 앉아서 연이가 봉숭아물을 들이자고 했다. 시간이 많이 걸려서 안 된다고 했지만 연이의 어머니는 천천히 저녁 먹고 가면 된다며 빨갛고 탐스런 봉숭아꽃과 이파리를 잔뜩 따다 주었다. 작은 절구에 꽃잎과 이파리를 넣고 백반과 함께 찧었다. 열 손가락 모두 봉숭아 잎사귀로 싸매고 우리는 매미의 소리를 들으며 어두워질 때까지 소근거렸다. 봉숭아물이 크리스마스까지 남아 있으면 첫사랑이 이루어진다는데, 우리의 첫사랑도 이루어졌으면 좋겠다는 말도 했다. 드디어, 손을 씻고 보니 손톱에 빨갛게 반달이 생기고 물이 아주 예쁘게 들어있었다. 우리는 저녁밥까지 맛있게 먹고 늦은 시간 집을 나섰다. 돌아오는 길. 어머니는 어둑한 골목길 끝까지 따라 나와서 우리가 보이지 않을 때까지 손을 흔들고 있었다.

몇 달쯤 지나고 연이의 부친이 돌아가셨다는 부고가 회

사에 알려졌다. 아버지라고? 막연히 이미 돌아가셨다고 생각했던 분이었기에 나는 의아스럽게 생각했다. 아버지의 장례를 치르고 퀭해진 눈으로 돌아온 연이는 자신의 가족사에 얽힌 놀라운 사실을 털어놓았다. 내가 가서 만나고 온 연이의 어머니가 친모가 아닌 아버지의 본부인이라는 것을. 작고한 부친은 고향 전라도에서 자신의 생모와 함께 살고 있었다는 것이다. 오래전에 부친이 작은댁을 들였는데 그 작은댁이 바로 연이의 생모이며 생모가 낳은 언니가 한 명 더 있다고 했다.

불과 몇 년 전까지 고향 집에서 자신의 생모와 큰어머니까지 다 함께 살았다고 한다. 그리고 연이는 서울로 취업하여 고향 집을 떠나왔고 큰어머니 또한 서울에 사는 아들이 모시고 왔다는 것이다. 영화에나 나올 법한 가족의 사연이기가 막히기도 했지만 더 놀라운 것은 연이의 큰어머니였다. 첩의 자식을 그리도 애틋하게 챙겨주는 것을 내가 직접 보았기 때문이다. 연이 또한 엄마! 엄마, 하면서 너무나 자연스럽고 편안하게 대하는 모습이었기에 세상에는 상식만으로는 이해하기 어려운 일도 있구나! 하고 생각할 수밖에 없었다.

　불광동을 나오니 눈발이 날리기 시작한다. 솜털 같은 눈
송이가 점점 굵어지고 있다. 연이가 보고 싶다. 나이가 들
어간다는 것은 가슴에 그리움을 한 겹씩 쌓고 사는 것은
아닐까. 우리가 어떻게 헤어졌는지는 기억나지 않지만 내
가슴속에 담긴 그때의 예쁜 모습으로 언제나 행복했으면
좋겠다.

추억 속의 그 집

제4부 내 글의 시작은

미완의 사랑, 볼트 섬 이야기

|

    버스는 끝없이 강물이 보이는 길을 달렸다. 뾰족한 침엽수가 빽빽하게 있는 길은 이질적이면서 아름다웠다. 가도 가도 계속 따라오는 강물을 바라보며 드디어 킹스턴에 도착했다. 나이아가라를 떠나온 지 몇 시간 만에 크루즈에 올랐다.

    미국과 캐나다의 국경 지역에 세인트로렌스강이 있다. 세인트로렌스강은 온타리오를 지나 수로를 통해 오대호와 대서양을 연결하는 강이다. 미국 동부 뉴욕주의 끝에서 나이아가라 폭포를 지나 캐나다를 향해 가다 보면 끝없이 스쳐 지나가는 한없이 길고 푸른 강물이 보이는데 바로 세인트로렌스강이다. 강가 유역에 있는 천팔백여 개나 되는 크고 작은 섬을 사람들은 '천 섬'(Thousand Islands) 이라고 부르고 있다. 약 절반이 넘는 섬이 미국령이며 나머지는 캐나다의 소유라고 한다. 강 상류는 미국과 캐나다의 국경지대를 이루고 있으며 미국은 뉴욕, 캐나다는 몬트리올, 퀘벡, 킹스턴 등의 도시를 흐르고 있다.

섬의 경치는 매우 아름답다. 천 섬에는 미국과 캐나다 부호들의 별장이 호화롭게 지어져 있고 그 별장을 소유한 사람들은 각자 자가용 배도 가지고 있다. 왜냐하면 육지와 섬을 오고 가려면 배가 필수이기 때문이다.

크루즈를 타고 섬을 둘러보니 정말 많은 섬들이 그림처럼 떠 있었다. 섬마다 크기가 다르고 생긴 모양도 다르며 지어진 집의 크기도 달랐다. 어떤 집은 거대한 성처럼 크고 웅장한가 하면 아주 작은 섬에 딱 방 한 칸 만들어진 것처럼 작은 컨테이너 하나 놓여 진 곳도 있다. 또 건물을 지으려고 준비하고 있는지 깃발 한 개 덜렁 꽂혀 있는 섬도 있다. 강물은 흔들림이 거의 없이 잔잔하다. 섬의 높이와 물의 높이가 차이가 나지 않아 보인다. 이곳은 비가 많이 와도 강물이 대

추억 속의 그 집

서양으로 빠지기 때문에 물 위에 떠 있는 섬에 집을 지어도 수해로 걱정할 필요가 없다니 얼마나 축복받은 곳인지 모르겠다. 가끔 영화에 나왔던 것 같은 호화 요트가 금발의 남녀를 태우고 바람처럼 빠르게 스치고 지나다니고 있다.

배를 타고 삼십 분 정도 지났을 때 지금까지 보았던 집들과는 다르게 매우 크고 웅장한 성이 서서히 보인다. 한국인 여행객이 많아서인지 배 안에서 한국어 방송이 나오고 있다. 저기 보이는 섬이 볼트 섬이라고, 하늘에서 보면 또렷하게 하트 모양을 하고 있는 섬이며 6층 건물에 방이 백이십 개나 된다는 것도 이야기 해 준다. 짧은 안내방송이 끝나고 가이드에게 본격적으로 볼트 섬에 관한 이야기를 들을 수 있었다. 볼트 섬은 천 섬에 있는 섬 중의 하나로 가장 큰 면적을 가지고 있는 곳이란다. 천 섬 중에서도 크고 아름답다는 볼트 섬. 그 섬은 아름답기도 했지만 내 마음을 끌었던 것은 거기 얽힌 사연이었다. 볼트 섬은 한 부부의 안타까운 사랑 이야기가 전해져 오는 곳이기 때문이다.

미국의 세계적인 호텔 체인의 사장인 조지 볼트는 가난한 호텔 직원에서 호텔 사장의 딸과 사랑에 빠져 사장의 사위가 되었고 밤낮으로 일에 매달려 작은 호텔을 세계적인 체인으로 키워냈다. 그 호텔은 우리나라에도 들어와 있는 '월도프 아스토리아'이다.

볼트는 밤낮으로 일에 매달려 호텔경영은 크게 성공했지만 그 사이 그의 아내는 병에 걸리고 시한부 삶을 선고받는다. 볼트는 천 섬 중에서도 크고 아름다운 하트 모양의 섬을 사서 아내를 위한 성을 짓기 시작한다. 6층 건물에 방이 무려 백이십 개나 되는 성은 1900년부터 짓기 시작하여 4년이나 걸쳐 공사를 할 정도로 아내에 대한 볼트의 사랑은 지극했다. 볼트는 공사 중간에 가끔 아내를 데리고 섬에 와서 특별한 드레싱 요리를 직접 해주곤 했다는데 그 소스가 지금도 애용되는 '사우전드 아일랜드 드레싱(Thousand Islands Dressing)'이란다. 주재료는 마요네즈에 칠리소스와 토마토 케첩을 섞은 것으로 위에 피클을 넣고 야채 위에 뿌려서 먹는 것인데 지금도 그 드레싱은 전 세계에서 팔리고 있다.

아내의 생일인 밸런타인데이에 성을 선물하려고 했던 볼트. 그러나 그의 아내는 사랑하는 남편의 선물도 받지 못하고 세상을 떠나고 만다. 아내가 세상을 떠난 후 공사는 중단

되고 그 후 볼트는 단 한 번도 그 성을 찾지 않았다고 한다. 볼트가 세상을 떠난 뒤에도 성은 70여 년 동안이나 방치되어 있다가 훗날에야 주인이 바뀌게 되고 사람들은 그 성의 이름을 볼트 섬이라고 부르기 시작했다고 한다.

미완의 사랑은 애절하다. 이미 이 세상 사람이 아닌 조지 볼트라는 한 남자의 슬픈 사랑 이야기가 백 년이 넘은 지금 비행기로 열네 시간을 날아 한국이라는 나라에서 온 내 가슴에 깊은 인상을 주었다. 불치의 병에 걸린 사랑하는 아내를 위해, 성을 짓고 새로운 드레싱을 개발해 직접 요리를 해주었다는 볼트라는 남자가 참 멋지다는 생각을 해 본다. 그리고 그토록 절절하게 사랑을 받았던 여자는 짧은 생이었지만 행복하지 않았을까? 언젠가 떠나야 하는 길이라면 비록 짧은 세월을 살고 간다 해도 가장 행복한 순간에 갈 수 있다면 행복했을 것 같다. 평범한 진리지만 사랑하는 사람과 함께 하는 삶이 가장 행복하다는 것을 다시 느낀다.

아름다운 건축물과 풍경, 그리고 사랑 이야기에 취했던 시간은 흘러가고 호수 위에는 석양의 그림자가 드리우고 있다. 한낮 뜨거움의 열정은 식었지만 가슴 한구석 처연함을 주는 노을이 빨갛게 주위를 물들이고 있다. 코발트 빛깔의 맑은 강물 속으로 풍덩, 소리를 내듯 어느새 석양은 사라지고 없다. 사람들의 입에서 아쉬움의 탄성이 나온다. 이제는 돌아가야 할 시간이다. 배는 서서히 방향을 돌리고 있다.

추억 속의 그 집

젤라또 유감

|

그 피자가게에는 온갖 종류의 피자와 젤라또가 가득했다. 트레비분수 옆 피자가게, 생각보다 크고 웅장한 트레비분수에 빠져서 한동안 사진을 찍어대고 포즈를 취했더니 배가 출출했다.

피자의 나라 이탈리아에 왔으니 먹어보자고 가게로 들어갔다. 수많은 피자 종류 중에서 하나를 골라 계산을 하고 선 채로 먹기 시작했다. 그때 알았다. 내 입맛에는 우리나라 피자가 훨씬 맛있다는 것을. 두 쪽 먹고 나니 목이 말라서 나는 블루베리 맛 젤라또를, 남편은 딸기 맛 젤라또를 시켰다. 달달한 본고장 젤라또를 먹으니 밍밍한 피자의 맛이 조금은

희석됐다. 거의 다 먹었을 때 가이드가 출발하자고 했고 우리는 판테온 신전을 향해 출발했다. 좁은 로마의 골목길에는 수많은 사람들이 지나다니고 있는데 건물은 낡았지만 모든 건물이 유적지처럼 보였다. 사람들과 부딪치지 않으려고 조심조심 걸어가던 그때 남편이 나의 팔을 붙잡았다. 얼굴이 살짝 긴장된 표정이었다.

'왜?' 하는 내게 속이 안 좋다는 표정을 짓는 남편. 순간 아차! 싶었다. 과민성 대장을 가진 남편에게 차가운 젤라또가 문제를 일으킨 것이다. 아직은 참을 만 하다는 남편의 말에 안심하며 드디어 판테온 신전에 도착했다.

2천 년이 넘는 역사가 담긴 신화 속 건축물. 현존하는 로마 제국의 유적 중 가장 원형에 가깝게 보존되고 있다는 판테온 신전. 내가 가장 관심이 있었던 것은 그중에서 화가 라파엘로의 무덤이었다. 학창 시절, 세계사 시간에 라파엘로에 대해 배웠던 것이 생각났다. 르네상스 시대를 이야기하자면 빼놓을 수 없는 아테네 학당을 그린 화가. 삼십 대의 젊은 나이에 세상을 떠났으나 이탈리아 국민이 존경하는 인물이었기에 판테온에 묻혔다고 한다.

추억 속의 그 집

판테온은 거대한 돔 모양의 건축물인데 지붕이 없다. 거대한 돔의 뚫려있는 지붕의 비밀을 현지 가이드가 한참 설명하고 있을 때 남편이 밖으로 나가는 모습이 보였다. 인솔자 김 실장이 남편을 급하게 따라 나가고 있었다. 하필 이 중요한 시기에 마음이 조마조마, 걱정이 되어서 그 후의 설명은 귀에 들어오지 않았다. 사람들을 헤치고 밖으로 나가 남편이 돌아오기를 기다리고 서 있었다.

조금 지나니 밝아진 얼굴로 남편이 다가왔다. 신전 건너편에 있는 백 년이 넘는 카페의 화장실에 다녀왔단다. 아, 이곳은 카페도 백 년이 넘는 곳이 있구나. 급하게 나가는 남편을 인솔자 김 실장이 알아차리고 그곳으로 안내해 주었다고 했다. 백 년이 넘는 카페에 가서 커피 대신 볼일만 보고 온 일화는 두고두고 남편을 놀려먹는 빌미가 되었다. 남편은 젤라또를 반만 먹었어야 했는데 맛있어서 다 먹은 것을 후회했다. 그래도 일행 중에 그 유명한 카페에 갔다온 사람은 자신뿐이라고 자랑 아닌 자랑을 하기도 했으니 우스운 일이다.

세계에서 가장 오래된 판테온 신전에 왔다가 남편의 과

민성 대장 때문에 제대로 감상하지 못하고 마음 졸였던 일은 여행을 준비하면서 늘 회자되곤 한다. 과민성 대장이니까 절대로 찬 것은 금지. 매운 음식도 금지.

더운 날씨가 계속되는 요즘. 아이스크림을 사 와서 맛있게 먹었다. 옆에 있던 남편이 한 입만 달라고 한다. 남편에게 한 숟가락 주고 나니 트레비 분수 옆 피자가게에서 먹었던 젤라또가 생각난다. 정말 맛있고 달콤했던 그 맛. 그러나 남편에게는 유감이었다. 아무리 대단한 유적지나 아름다운 건축물도 생리현상보다 우선일 수는 없었다.

추억 속의 그 집

만남

|

나와 여자의 얼굴이 마주쳤다. 어디서 봤더라?

물안개가 낀 호숫가는 벚꽃으로 환하게 물들어 있다. 봄이 가기 전에 꽃 보러 가자는 남편의 말에 따라 온 호암미술관 앞에는 벚꽃이 환상적으로 피어서 봄날의 운치를 더해주고 있다. 사람들은 몽환적인 풍경에 감탄하고 사진 찍느라 바쁘다. 나 역시 휴대폰 카메라를 열심히 찍어대는데 저만큼 사람들과 함께 있는 중년의 커플이 보인다. 그들의 모습이 낯설지 않다. 어디서 봤는지 기억이 나지 않아 한참을 서로 바라보는데 남편의 음성이 들린다.

"미국 여행 때 만난 분들이잖아."

나보다 눈썰미가 좋은 남편이 그들을 먼저 알아보았다. 몇 년 전에 다녀온 여행에서 만난 부부다. 미 동부 캐나다 패키지여행 기간 동안 함께 했던 사이였는데 이곳에서 우연히 마주치다니 뜻밖이었다. 그쪽 부부도 우리를 알아보고 미소를 지으며 다가온다. 생각지도 않은 여행 동행을 만나게 된 봄날이라니. 우리는 서로 손을 잡았다.

'매튜와 제니' 호주 시민권자인 그들을 내가 사는 용인에서 만나다니 뜻밖이다. 한국에 사는 친척들을 만나러 온 지 일주일 정도 되었다고 한다. 정원이 아름답다고 소문난 호암 미술관 '희원 정원'과 벚꽃을 보기 위해 언니 부부와 함께 들른 것이다. 그냥은 도저히 헤어질 수 없어 함께 근처 카페로 이동해서 차를 시키고 마주 앉았다. 제니와 내가 서로의 얼굴을 찬찬히 쳐다보았다. 몇 년의 시간이 지나고 보니 그녀와 나 서로 조금 더 익어 보인다.

한 달간의 일정으로 미국과 캐나다 여행을 떠났을 때였다. 미동부와 캐나다 패키지를 마치고 남은 여정은 두 시누이와 조카들이 사는 도시를 며칠씩 방문하는 것. 그리고 남은 며칠은 뉴욕에서 자유로이 머무는 일정이었다.

추억 속의 그 집

뉴욕에 도착해서 함께 투어 할 일행들을 만났는데 한국에서 함께 출발하는 여행과 달리 현지에서 합류하는 사람들이었다. 또한 한국 국적이 아닌 교포들이 많았고 대부분이 우리 부부처럼 투어를 마치면 미국에 거주하는 친지를 만나러 가는 일정을 갖고 있었다. 매튜와 제니 역시 호주에 살고 있는 시민권자였다. 이민 간 지 30년이 넘었고 시드니에서 자동차로 30분 걸리는 도시에 산다고 했다. 패키지 투어를 마치면 필라델피아에 살고 있는 지인 집에 방문할 계획을 가지고 있었다.

그들 부부는 우리와 통하는 것이 많았다. 남편들도 한 살 차이로 비슷했고 특히 그 아내는 나와 동갑이었다. 나와 제니는 여행 내내 팔짱을 끼고 다녔고 작은 기념품 사는 곳에서 똑같은 소품을 함께 구입하기도 했다.

가장 생각나는 것은 캐나다 속 프랑스마을 퀘백에서 함께 했던 시간이다. 퀘백은 고풍스럽고 아름다운 도시였다. 아기자기한 골목을 제니와 손잡고 다리가 아프도록 걸었던 기억. 저녁이면 쁘띠 샹플랭 거리 골목 언덕에 있는 카페에서 맥주를 마시며 담소하기도 했다. 가이드의 설명에 의하면 그 골목은 높고 경사진 계단이 많은 곳에 카페며 음식점 등이 많아서 술에 취한 여행객들이 간혹 계단 아래로 추락해서 '목 부러지는 계단'이라고 불리기도 한다고 했다. 매튜는 조심하지 않으면 오늘 누군가는 목이 부러질지도 모른다고 하여서 웃기도 했었다.

처칠과 루즈벨트의 회담으로 유명한'샤토 프랑트닉 호텔'을 함께 바라보던 기억. 세인트로렌스강을 바라보는 언덕에 놓여 있던 커다란 대포의 생경함과 묘하게 비현실적으로 아름다웠던 그 풍경에 감탄했던 것도 떠오른다.

12일간의 패키지 투어가 끝나고 호텔로 데리러 온 조카를 따라 우리는 그들 부부와 작별했다. 짧은 만남이었지만 헤어질 때는 서로 많이 아쉬웠던 시간이었다. 자신들이 사는 호주에 꼭 놀러 오라고 했고 함께 찍었던 사진도 메일로 서로 주고받았는데 언제부턴지 소식이 끊어졌다. 한국과 호주, 너무나 먼 거리가 자연스럽게 멀어지게 만든 것이다.

제니 부부와 찻집에서의 짧은 만남을 뒤로 하고 우리는 다시 헤어졌다. 한 번 만나서 식사라도 하고 싶었지만 그들이 언니 부부와 일본 여행을 가는 일정이 있어 약속을 잡지

추억 속의 그 집

는 못했다.

이 지구상에서 전혀 몰랐던 누군가를 알게 되고 마음을 나누는 것은 어쩌면 신비로운 일이 아닐까? 봄꽃 완연한 날. 잊고 있던 여행 동무를 만나 그때를 추억하게 된 시간이 소중하다. 언제 또다시 만나게 될지는 모르지만 반가운 소식이 들려왔으면 좋겠다.

나무박사와 가장 아름다운 수목원

|

나무박사를 만났다. 태안 바닷가 깊숙한 곳. 천리포수목
원 목련나무 아래 그가 있었다. 민병갈 박사. 미국인이면서
한국을 사랑하고 한국의 산을 사랑했던 사람. 머나먼 타국
우리나라에 와서 충청남도 깊은 곳에 나무를 심고 세계에서
가장 아름다운 수목원이라는 이름을 갖게 만든 푸른 눈의
한국인. 이제야 나는 그를 알게 되었다.

노란 건물, 민병갈 박사의 기념관에는 소박하게 살다 간
그의 삶이 펼쳐져 있었다. 얼마나 많이 보았는지 다 낡아 너
덜너덜해진 식물도감과 그가 앉았던 책상과 의자, 그가 애
호했던 소품 등등. 간략하게 그의 삶을 소개하는 영상을 보

면서 문득 눈시울이 붉어졌다. 참 고마운 분이다.

그는 어쩌면 전생에 한국인이었을지도 모르겠다. 6.25 전쟁 발발 후 미군으로 한국에 왔다가 일본의 극동군사령부에도 근무했던 민병갈은 자원해서 다시 한국으로 오게 된다. 전후 폐허뿐인 한국이었지만 그는 한국의 산하를 늘 그리워했다고 한다. 다시 돌아온 그는 한국은행과 증권회사의 고문으로 일하면서 주말이면 천리포수목원으로 내려와 땅을 일궈 나갔다. CNN이 대한민국에 가면 꼭 가봐야 할 아름다운 곳으로 추천한 천리포수목원은 다시 돌아온 민병갈에 의해 시작되었으니 필연적인 인연이라고 해야 할 것 같다. 민박사는 마흔이 넘는 나이에 나무 심기에 매료되어 밤잠을 아껴가며 연구하고 발로 뛰어 희귀한 목련 나무를 수집했다. 수목이 잘 자라는 방법을 알기 위해 서울대 농대 교수에게 하루에도 수십 번 전화했다는 그의 열정이 천리포 수목원의 나무들을 뿌리내리게 하고 튼튼히 자라게 하는 거름이 되었을 것이다.

걷는 걸음마다 그는 내게 설명해 주는 것 같다. 목련꽃이 가장 아름답게 필 때와 떠날 때가 언제 인지를. 목련이 이렇게 많은 줄을 몰랐다. 걸어가는 곳곳마다 수많은 목련 나무가 다양한 꽃을 피우고 있다. 흰색과 분홍, 그리고 강렬한 빨간색의 목련까지 그동안 한 번도 본 적이 없는 목련꽃들이 오묘하게 아름다운 빛을 뿜어내고 있다. 한 송이 한 송이. 몇 장의 사진에 다 담지는 못하지만 눈으로 가득 들어온다. 그는 목련 박사였다. 전 세계의 5백여 종이 넘는 목련을 발굴해서 수목원 곳곳에 옮겨다 심었고 밤낮으로 정성을 다해 뿌리 내리게 했다. 가는 곳마다 참 다양하고 잘생긴 나무들이 많아 감탄이 나온다. 천천히 음미하듯 걸어 본다. 80세로 세상을 떠날 때까지 이곳에서 살다가 병석에서도 천리포에 가고 싶어 했던 민박사는 우리나라와 무슨 인연이었던 것일까. 왜 결혼을 하지 않았냐고 누가 물으면 천리포라고 대답했다는 그에게 수목원은 고향이고 목련 나무는 사랑하는 연인이었을지도 모른다. 하늘까지 닿을 듯 빽빽한 수목 사이로 비치는 햇살을 맞으며 걷노라니 4월의 바람이 시원하게 얼굴을 스친다.

수목원 옆에는 바다가 있다. 해가 질 무렵 노을 길로 들어가면 너무나 아름다운 낙조를 감상할 수 있다. 하루의 일을

추억 속의 그 집

마친 어스름한 시간 발갛게 온 세상을 비추면서 서서히 사그라드는 낙조. 천리포의 일몰은 특히 아름다워 가슴이 울컥하며 누군가 그리워지는 느낌이 든다. 푸른 눈의 민병갈도 천리포의 낙조를 바라보며 떠나온 고국과 어머니를 생각했을지도 모른다. 한국을 너무나 사랑하고 수목원 조성에 온 힘을 다하면서도 고국에 계시는 모친에게 늘 불효자라고 스스로 말했다는 그는 오 년간 모친을 모셔 와 함께 살면서 성심으로 효를 다한 아들이기도 했다. 모친이 백세가 넘어 천국 여행 가시자 자신의 방 앞에 목련 나무를 심고 아침에 일어나면 제일 먼저 굿모닝, 맘! 하고 인사하며 어머니에 대한 그리움을 늘 가슴에 품고 살았다고 전해진다.

한참을 걸었더니 이마에 땀이 고인다. 숨을 고르려 숲속 벤치에 앉았다. 산들바람이 불어 시원한 느낌이 좋다. 민병갈 박사도 일하는 틈틈이 이렇게 앉아 휴식을 취하지 않았을까. 참 이상하다. 그의 생전에 한 번도 만난 적 없고 이야기를 들은 적도 없는데 이 순간 내 가까이에서 이야기해 주는 듯한 이 느낌은 무엇일까. 내 눈앞에 보이는 나무와 풀, 꽃 한 송이까지 그의 손길과 호흡이 담겨 있어 그런 느낌이 오는 것 같다. 지금껏 내가 알지 못하던 누군가, 심지어 이미 이 세상에 없는 이와 닿아 있는 듯 표현하기 어려운 느낌이 전해져 온다.

어둑해진 시간, 집을 향해 출발했다. 다시 와야지. 그날이 언제일지는 모르지만. 수목원을 나서는 마음이 애틋하다. 곧 일상으로 돌아가 바쁜 하루를 살아가게 되겠지만 내 마음 속 깊이 늘 이곳을 생각하게 될 것 같다.

벌써 나는 그곳이 그립다.

추억 속의 그 집

오렌지 나무도 없으면서

|

언제나 도착하려나. 자동차는 경사진 언덕을 계속해서 올라가고 있다. 이렇게 높은 곳에 카페가 있다고? 구불구불한 1차선 길은 비포장 도로다. 길 양 옆으로는 온통 사과밭이다. 탐스러운 빨간 사과가 주렁주렁 달려 있는 과수원을 지나 한참을 올라가니 정말로 좁고 가파른 길이 나온다. 뒤를 돌아보니 아찔하다. 길을 잘못 든 것 아니냐는 내 말에 남편은 고개를 젓는다. 곧 도착한다고 조금만 참으라고 하지만 겁이 많은 나는 가슴이 콩닥콩닥, 새가슴이 되어가고 있다. 세상에서 가장 아름다운 카페에 데려다준다는 남편의 말에 혹해서 부랴부랴 여행 가방을 챙겨 따라나선 길이다.

전망 좋은 카페에 가고 싶다고 말한 적이 있었다. 풍광이 수려하고 럭셔리한 카페에서 향기로운 커피를 마시는 호사도 가끔은 누리고 싶기 때문이다. 그 말을 들은 남편이 꼭 한 번은 가 볼만한 카페가 있다며 집에서 멀어도 너무 먼 경상북도 산골까지 나를 데려온 것이다.

'오렌지 향기는 바람에 날리고'

우리가 찾아가는 카페 이름이란다. 이 깊은 산골에 오렌지라고? 문득 스페인 여행 중 세비야 대성당 오렌지 정원이 생각난다. 12월, 겨울이지만 성당 뒤 작은 정원은 오렌지가 가득했다. 스페인은 오렌지 나무를 가로수로 심어 놓아서 거리마다 오렌지가 넘쳐났는데 특히 세비야는 오렌지가 엄청나게 많았다. 지중해성 기후로 따뜻한 지역이라 겨울에도 오렌지 향이 가득하던 성당의 정원. 하지만 이곳은 오렌지 재배지로는 적절하지 않은 것 같은데 정말로 오렌지가 열리는 것일까?

남편이 자동차의 속도를 최소한으로 낮추고 엉금엉금 주행을 시작한다. 옆을 내다보던 나는 소스라쳤다. 우리가 탄 차가 비탈길 위를 가고 있기 때문이다. 아이고! 소리가 절로 나온다. 도대체 이렇게 고립된 곳에 카페가 있다고? 경치가 얼마나 좋기에 이렇게까지 위험을 감수해야 한단 말인지 남편이 원망스럽기만 하다. 만약 이 길에서 다른 차라도 만난다면 양쪽 다 절대로 비켜 갈 수 없는 곳이다. 나는 창을 열고 차바퀴가 혹시 빠질까 싶어 계속 아래를 주시하며 가야 했다.

이젠 오렌지 향이고 뭐고 무사히 집에 돌아갈 수 있으려나 하는 생각마저 들었다. 얼마나 갔을까. 거리가 꽤 멀다고 느끼고서야 겨우 목적지에 도착했다. 숨을 몰아쉬며 앞을 바라보니 산 정상이다. 건물이 두 동 지어져 있는데 첫 번째 건물에 카페가 있다. 옆 건물은 숙박 시설이다. 카페 이름이 눈에 들어온다.

'오렌지 향기는 바람에 날리고'

그런데 오렌지 나무가 없다. 어딘가에 있을까 싶어 주변을 둘러봐도 우거진 숲 밖에는 보이지 않는다. 문을 열고 안으로 들어갔다. '오렌지 향기는 바람에 날리고' 합창이 흘러나오고 있다. 내부는 마치 북 카페처럼 보인다. 안에는 아무도 없고 정면 한쪽을 다 차지한 넓은 창 위쪽에 '세상에서 가장 아름다운 풍경'이라는 커다란 글씨가 붙어있다. 세상에서 가장 아름답다는 경치를 보기 위해 창가로 갔다. 창밖으로는 깊은 계곡이 보이고 그 계곡에는 물이 흘러가고 있다. 굽이굽이 산이 펼쳐져 있고 파란 하늘이 두 눈 가득 들어온다. 남편 말대로 한 번쯤은 볼만한 풍경이다. 그러나 그 길을 다시 돌아갈 생각을 하니 내 눈에는 그 풍경도 들어오지 않는다.

역시나 내려오는 길도 조마조마 하다. 마주치는 차가 제발 오지 않기를 바라면서 간신히 그 좁은 길을 통과한다. 간신히 내려오고 나니 손이 축축하다. 아무리 경치가 좋다 해도 다시는 이런 곳에 데려오지 말라고 남편에게 투덜댔다.

이번 카페 방문은 겁이 많은 나에게는 아찔한 경험이다. 스릴을 즐기는 사람들도 있겠지만 나는 이렇게 어려운 길은 다음에는 사양하고 싶다. 오렌지 나무도 없으면서 오렌지 향기라니.

추억 속의 그 집

봄날

|

　온 세상이 꽃으로 가득하다. 아파트 단지 곳곳 벚나무에 마치 하얀 팝콘이 열리듯이 며칠 사이 벚꽃이 만개했다. 정말 봄이 왔구나 생각하며 어딘가 꽃구경이라도 가야지 생각하는 순간 가슴 한쪽에 툭, 하고 떠오르는 얼굴이 있다.

　봄이 오면 가슴 속에 묻어 놓은 인연이 생각난다. 봄꽃이 예쁘게 핀 날 홀연히 떠나버린 벗. 섬기던 교회에서 만난 동갑 친구. 나이는 같아도 내게는 언니 같은 존재였다. 직업도 없는 남편이 도박중독에 빠져 힘들게 했어도 꿋꿋하게 가정을 지키고 신앙을 지키던 친구. 그녀에게 삶이란 오로지 견뎌내야 하는 과제였을 지도 모른다.

그녀는 건강했다. 아무리 늦은 시간까지 일을 해도 피곤하다는 말을 들은 적이 없었다. 직장과 집을 오가는 단조로운 생활이었지만 퇴근 후에도 할 일이 가득했다. 텃밭을 일구는 것은 물론 닭도 키워 계란을 내다 팔았다. 얼마 안 되는 월급으로 살기 위해서는 근검절약은 기본이고 작은 것 하나라도 보탬이 되는 일을 찾아서 해야 하는 생활이었다. 그럼에도 틈틈이 상추며 가지, 쑥갓 등등, 열심히 농사지은 채소를 나에게까지 챙겨주곤 했었다. 덕분에 우리 집 식탁에는 친구의 정성이 담긴 유기농 채소가 간간이 오르곤 했다. 숨차게 바쁜 나날도 웃으며 견뎌내던 친구. 하나님께서 건강은 주신 것 같다며 말하곤 했는데 어느 순간 무너져 버린 것이다.

남편이 진 노름빚이 너무 커서 자녀들까지 피해를 줄까봐 노심초사 염려했던 날들. 너무 힘들어 아침이면 눈뜨고 싶지 않다고 여러 번 말 하더니 정말 그렇게 떠나 버렸다. 사인은 심근경색이라고 했다. 알고 보니 몇 번의 전조증상이 있었음에도 떠나기 전날까지 아들이 좋아한다는 감자를 심었다는 친구. 집안 곳곳을 유난스레 깨끗하게 청소해 놓고

추억 속의 그 집

홀연히 가버린 그날은 마침 생일을 며칠 앞둔 날이기에 더욱 안타까웠다. 삶과 죽음은 종이 한 장 차이라는 말이 와 닿았다.

서둘러 달려간 장례식장에서 친구의 남편은 연신 웃고 있었다. 자신이 기여한 재산이 거의 없음에도 절반씩 나누고 헤어지자 했던 그는 일찍 떠나가 준 아내가 고마웠던 것인지. 가버린 사람을 그리워하는 회한은 전혀 없어 보였다. 그리고 언제 적 사진인지 너무나 파리해 보이는 친구의 사진과 대비되는 그 남편의 얼굴을 보는 것이 화가 나서 오래 머무는 것이 힘들었다. 어쩔 수 없이 친구의 아들딸과 일찍 인사를 하고 장례식장을 나와 버렸다.

친구가 떠나기 얼마 전이었다. 나는 그날이 마지막일 줄은 몰랐다. 그날따라 내가 입은 코트가 예쁘다고 몇 번이나 말했는데 그냥 흘려서 듣고 한참이 지난 뒤에 그 생각이 난 것이다. 체형이 비슷한 친구라 다음에 만나면 선물해 주려고 했는데 황망하게 가 버린 것이다. 한동안 먹먹한 가슴으로 다녀야 했고 결국 나는 더 이상 그 코트를 입지 못했다.

봄비가 내리는 날. 화초의 물을 주기 위해 베란다로 나갔다. 창밖에는 벚꽃이 하늘하늘 떨어지고 있다. 빗속에 꽃비가 되어 하얗게 떨어지는 벚꽃을 바라보니 친구의 얼굴이 떠오른다. 만날 때마다 환하게 웃으며 잡아주던 따뜻한 손의 촉감도 생각난다. 그녀가 떠나고 다시 찾아 온 봄이 몇 번이나 되었는지 잘 모르겠다.

옷장을 열었다. 그날 이후 한 번도 입지 않고 걸려 있던 코트가 보인다. 봄비는 아직 내리는데 천천히 걸어서 아파트 단지 안에 있는 재활용 의류함에 코트를 집어넣었다. 이제는 친구를 보내줘야 하듯이 내 마음의 미안함도 내려놓고 싶다. 처연하도록 아름다운 봄날이 지나가고 있다.

추억 속의 그 집

장릉(莊陵), 노루가 앉았던 자리

|

　강원도 영월에 조선조 6대 임금 단종의 능인 장릉이 있다. 대부분의 조선 왕릉이 서울 수도권 지역에 위치하고 있는데 유일하게 강원도에 있는 능이다.

　계유정난으로 왕위를 수양대군에게 빼앗기고 노산군으로 강등되어 머나먼 땅, 강원도 영월 청령포로 유배를 떠나야 했던 단종. 그러나 유배지에서의 삶도 단 넉 달 뿐이었다. 불과 4개월 만에 사사되어 영월 땅에 묻히게 되었다. 그의 나이 불과 17세였다.

　삼족이 멸문 당할 위험을 무릅쓰고 영월 관아의 아전이었던 엄홍도는 버려진 단종의 시신을 찾아 깊은 산속 현재의 장릉 자리에 무덤을 만들고 예를 갖춘다. 때는 겨울이라 땅은 꽁꽁 얼어있었다. 그때 한 마리 노루가 앉아 있다가 도망친 자리가 양지바른 곳이라 그곳에 묻었는데 바로 장릉이다.

10월의 끝자락. 장릉을 향해 출발했다. 슬픈 역사 속 어린 왕을 만나러 가는 길은 가을이 깊다. 왕릉 탐방을 좋아해서 여러 왕릉을 가보았지만 그때와는 달리 사뭇 마음이 숙연하다. 입구에 들어서니 역사관과 엄흥도 정려각이 보인다. 역사관은 내려오는 길에 들르기로 하고 먼저 능을 참배하기로 했다. 호젓한 소나무 숲길이 나온다. 저만큼 능이 보이는데 소나무 한 그루가 보인다.

단종의 비 정순왕후가 묻혀있는 남양주 사릉에서 옮겨왔다는 정령송(精靈松)이다. 먼 곳에 따로 묻혀있는 어린 부부가 영이 깃들었다고 믿는 소나무를 통해 정을 나누기를 바라는 마음으로 이곳에 심었다고 한다. 정말로 그런 건지 정령송은 단종의 능을 향해 바라보고 있다. 단종이 유배를 떠나자 정순왕후 역시 서인으로 강등되었다. 생계도 어려워서 염색 일도 했고 하물며 걸식까지 했다는 야사도 전해진다. 82세까지 장수했던 정순왕후는 남편 단종이 유배된 영월 쪽을 바라보며 눈물의 삶을 살았다고 한다. 능호는 평생 남편을 그리워하며 살았을 그 마음을 담아 사릉(思陵)이라고 정해졌다.

능을 향해 언덕을 올라갔다. 살짝 숨이 차다. 단종릉 역시 사후에 장릉으로 명명되었기에 능에는 병풍석과 난간석이 없고 무인석도 없다. 무인석을 세우지 않은 이유는 무신 세력에 의해 일어난 계유정난으로 왕권을 빼앗겼기에 왕릉으로는 유일하게 무인석을 세우지 않았다는 설이 있다. 능 앞에 이르러 짧은 세월을 너무나도 참혹하게 살다 간 어린 왕에게 잠시 예를 갖추어 본다. 땅에 묻힌 지 이미 수백 년. 백골이 진토 되었을 세월이 무심하게 느껴진다.

천천히 내려가 단종을 위해 목숨을 바친 궁녀, 환관, 노비 등 268위의 위패를 모신 장판옥藏版屋과 제단인 배식단을 돌아보았다. 조선왕조 42기의 왕릉 중 유일하게 신하를 위한 시설이 있어 역사의 격랑을 겪어야 했던 단종의 아픔을 새삼 느끼게 한다.

엄흥도 정려각으로 갔다. 오늘날까지 충신으로 회자되

는 이름 엄흥도! 그의 절의가 느껴지는 정려각이 우뚝 서 있다. 엄흥도는 숙종 때 단종이 복위되면서 공조좌랑, 영조 때는 공조참의, 순조 때는 공조판서로 추증되었다. 또한 고종 때는 '충의공'이란 시호까지 내려졌다. 엄흥도가 지방의 미관말직이었던 점에 비추어 단종의 시신을 수습한 그의 충의를 후세가 얼마나 높게 평가했는지 짐작할 만 하다.

내려오는 길에 역사관에 들러 단종의 생애와 사육신, 생육신의 기록을 둘러보았다. 임금이었으나 왕위를 빼앗겨야 했던 단종과 그를 복위하기 위해 목숨을 아끼지 않고 일어났던 의로운 충신들. 그들의 기록을 역사관에서 함께 볼 수 있어서 뜻깊다.

모든 일은 뒤늦게라도 옳은 이치로 돌아간다고 하는데 단종의 경우를 보면 틀린 말은 아니라고 생각된다. 숙종 때 단종이 복위되면서 정순왕후도 복위되었으니 말이다.

유한한 인생 몇십 년을 살면서 인간의 욕심이란 어쩌면 그리도 큰 것일까. 조카의 왕위를 찬탈한 세조 역시 불행한 일생을 살았다. 두 아들이 일찍 죽는 아픔과 피부병으로 오랫동안 고통받았다는 기록이 있는 것을 보면 그도 상응하는

추억 속의 그 집

벌을 받은 것은 아닐까.

　단종이란 묘호는'예를 갖추고 의로 바로 잡는다'는 뜻이
라고 한다. 나는 천천히 장릉을 나왔다.

온릉(溫陵), 끝내 닿지 못한 그리움

|

정말 우연이었다. 깊어 가는 가을, 장욱진 미술관을 다녀 가는 길에 그곳을 지나가게 된 것은.

어린 시절. 가족들과 몇 번 갔었던 양주의 장흥 유원지에 서 멀지 않은 곳이 바로 거기였다. 예전과 너무 많이 달라진 주변 풍경을 보며 여기가 그 옛날 내가 와보았던 곳이구나 생각하고 있는데 작은 표지판이 보였다. 온릉(溫陵).

능이라고 하기엔 너무나 조촐한 무덤의 주인은 단 7일간 왕비였다는 단경왕후 신씨의 능이다. 중종반정이 일어나기 전 진성대군 시절에 혼인하여 7년간 부부로 살았고 반정 후에 중종 임금과 함께 왕후의 자리에 올랐으나 연산군의 처남이었던 신수근의 딸이라는 이유로 7일 만에 폐위된 비운의 여인. 하루아침에 왕비에서 폐비가 되고 아버지의 참혹한 죽음을 겪어야 했던 그때의 나이가 겨우 열아홉 살이었다.

신수근은 당대의 세력가로 여동생은 연산군의 왕비였고 딸은 연산군의 이복동생인 진성대군의 부인이었다. 이로 인해 반정에 참여하지 않았고 결국 반정 세력들에 의해 살해되었다. 한때는 나는 새도 떨어뜨린다는 권세를 가졌을 신수근의 가문은 멸문지화를 당하게 되었으니 인간이 가진 권세란 것이 참으로 허망하다 하겠다. 기록에 의하면 중종은 처음 신씨의 폐위를 반대했으나 결국은 힘이 없는 관계로 부인을 지켜줄 수 없었고, 신씨는 끝내 폐비가 되어 오십여 년을 홀로 살다가 친정 거창 신씨의 선산인 이곳에 묻혔다. 능의 위치가 군사보호지역으로 묶여 있었으나 2019년부터 개방하고 있다고 한다.

생각보다 도로에서 멀지 않은 곳에 능은 자리하고 있었다. 천천히 가다 보니 저만큼 아담한 한옥이 한 채 보인다. 온릉의 제사를 준비하는 재실이다. 재실을 지나 조금 더 걸어가니 홍살문과 정자각이 보이고 산 아래 무덤이 보인다. 살아생전 외로웠던 여인의 모습만큼이나 고적하게 보이는 온릉 주위는 산으로 둘러싸여 있고 주변엔 아무도 없다.

생전에, 혼자 견뎌야 했던 그 긴 시간 동안 사랑하는 이에게 반가운 소식이 오기를 기다렸을 것을 생각하니 마음이 애잔하다. 그럼에도 끝내 닿지 못했던 그리움이었다. 폐위된 후 왕이 자신의 거처가 있는 인왕산 쪽을 바라보곤 한다는 말을 듣고 사랑하는 님을 위해 궁궐에서 보이는 인왕산 바위 위에 붉은 치마를 내걸었다는 그녀.

그러나 하루 이틀, 시간은 가고 구중궁궐 여인들에 둘러싸인 왕은 서서히 그녀를 잊었을 것이다. 아니 억지로라도 잊어야만 했을 것이다. 오로지 기다리는 것 밖에는 할 수 없는 여인의 삶. 비극적인 역사 드라마에서 보았던 한 많은 여인이 잠들어 있는 곳이라 생각하니 마음이 문득 처연해진다. 당대 최고 명문가의 딸로 태어나 모든 이들이 우러러보았을 영화로운 자리에서 가장 밑바닥으로 추락해 버린 삶. 한 여인의 인생이 어찌 그리 모질고 잔인한 것이었을까.

온릉은 추존되어 복원된 왕비의 능이라 병풍석과 난간

추억 속의 그 집

석, 무인석을 생략하였기에 규모가 다른 능에 비해 작고 단출하다. 신씨 사후 이백여 년이 지난 영조 임금 때 단경왕후로 복위되어 온릉이라 명하였다. 단경(端敬)이란 시호는 바로잡아 예를 갖춘다는 뜻으로 해석되며 온릉(溫陵)이라 이름 지은 것은 한평생 외롭게 살았을 신씨를 사후에라도 위로하려 따뜻할 온(溫) 자를 넣지 않았을까 생각해 본다. 폐위된 연산군의 처남이었다는 이유로 죽게 된 그녀의 부친 신수근 또한 영의정으로 봉해져 복직되었다. 영조는 신수근의 충직함을 고려 말 정몽주에 비견된다 하였는데 역사의 평가란 시대와 통치자에 따라 혹은 통치자의 필요에 따라 달라진다는 또 하나의 사례라 하겠다. 이미 죽어 뼈라도 있을지 말지 한 세월을 지나 다시 그 시절의 신분을 되찾은 것이 과연 죽은 이에게 무슨 의미가 있는 것일까. 다만 역사는 끝없이 흐르고 있으니 이 또한 후세 사람들이 판단할 몫인지도 모르겠다.

문득, 어딘가에서 작은 새 한 마리가 날아와 지저귀고 있다. 주변을 둘러봐도 한 마리뿐이다. 짝이 날아와 함께 했으면 하는 마음이 들었다. 사는 동안 너무나 외로웠을 단경왕

후의 넋을 빌며 그 끝없는 기다림을 내려놓고 편안히 영면
하기를 바라는 마음을 품고 발걸음을 돌렸다.

추억 속의 그 집

내 글의 시작은

|

어느 날 대학 동창 선이가 떠나갔다. 일찍 결혼해서 남편도 있던 친구가 스스로 삶을 버린 것이다. 왜 그랬을까? 불과 보름 전 만나서 모임을 가졌던 그녀의 선택이 도무지 믿어지지 않았다. 아무 일도 없이 환하게 웃으며 나타날 것 같았다. 마지막 만났을 때, 뭔가 나에게 할 말이 있는 것 같았는데, 집에 일이 있어 먼저 와 버린 것이 마음에 걸려서 몇 번이나 전화를 했지만 받지 않았다.

두 번, 세 번 공허하게 울리는 벨소리. 친구와 그녀의 남편은 어디 간 것일까? 왠지 나에게 하고 싶어 했던 그 말을 꼭 들어야 할 것 같아서 수도 없이 전화기를 들었었다. 드디어 누군가가 전화를 받았다. 묵직한 남자 목소리. 친구의 남편이라고 생각했다. 그러나 그 목소리는 친구의 남편이 아니었다. 세 들어 살던 집의 주인이라고 했다. 보름 전 살던 아파트에서 스스로 투신했다는 친구. 그녀의 남편은 그 집에 살고 있지 않았다고 한다. 머릿속이 텅 빈 것 같았다. 친구는 그동안 어떻게 살고 있었던 걸까.

친구가 떠나고 뒤늦게 언니를 통해 소식을 전해 들었다. 너무나 외롭게 했던 그녀의 남편. 그리고 시집 식구에 의한 스트레스와 정신과 치료 등등. 친구였다면서 아무것도 몰랐던 내가 원망스러웠다. 항상 밝아 보였던 선이. 늘 웃는 얼굴로 살아내느라 얼마나 힘이 들었을까. 나에게 할 말이 있다고 했던 것은 어쩌면 떠날 결심을 한 자신을 붙잡아 주기를 바란 마지막 안간힘은 아니었을까.

친구를 잊지 않기 위해 내가 할 수 있는 일은 글을 쓰는 것이라고 생각했다. 글 속에 직접적으로 그녀의 이야기를 한 적은 없다. 오래전 내 소설 속에서 간접적으로 선이는 등장했을 뿐이다. 그럼에도 내 글의 시작은 친구에 대한 미안함이다. 책을 내기 위해 준비하면서 뒤돌아보니 친구가

추억 속의 그 집

떠난 지 벌써 삼십 년 넘는 긴 세월이 지나가 버렸다. 그 긴 날을 살아오면서 나는 많은 인생의 희로애락을 겪어야 했다. 때로는 눈물이며 때로는 기쁨이기도 했던 삶. 녹록지 못한 삶은 여전히 내게는 미지수인 상태지만 선이는 여전히 내 가슴 깊은 곳에 아쉬움으로 남아있다. 친구가 있는 그곳에도 우리네 인생사처럼 눈물이 있고 기쁨도 있을까? 그곳이 어딘지 모르지만 어디선가 나를 바라보고 있기도 하는 것일까?

늘 졸작이지만 그럼에도 불구하고 나는 글을 쓰며 살고 있다. 아직도 다하지 못한 가슴 속 무언가를 제대로 풀어낼 날이 올지는 모르겠다. 남편은 편하게 살라고 한다. 글을 쓰지 않아도 누가 뭐라 할 사람도 없고 돈을 버는 것도 아닌데 글을 써야 한다는 강박관념은 아직도 나를 따라다닌다. 어쩌면 그 이유는 내 기억 속에 서른 살의 얼굴로 환하게 웃고 있는 친구에게 아직은 들려주어야 할 이야기가 남아있기 때문인지도 모르겠다.

서사가 주는 힘,
공감을 불러내는 손영란 수필

최지안 (시인, 수필가)

1. 서사에서의 시간

손영란의 수필은 서사가 많은 비중을 차지한다. <장위동 이야기>나 <추억 속의 그 집>처럼 건강하고 따뜻한 분위기의 서사가 공감을 형성한다. 그이의 서사는 우리에게 과거의 향수를 불러일으키며 따뜻한 온도로 우리를 맞이한다. 그래서 이런 말을 하게 만든다.

"맞아 그때는 마을에 그런 사람 하나 꼭 있었지 그치?"

지난 일을 이야기할 때 맞장구치는 말이 이런 말일 것이다. 이 말은 자신은 물론 상대의 동의를 구하고 과거라는 시간 안에 우리라는 연대를 만들어 동질성을 확인하는 과정이

추억 속의 그 집

다. 우리는 과거 안에서 보편적인 동질성을 확인하며 그 시간을 몸으로 헤쳐나온 사람들만의 어떤 돈독한 우의와 연대의식을 느낀다. 이것이 바로 수필에 있어 서사가 가진 장점일 것이다.

서사란 사건의 재현, 혹은 사건의 연속이다. 지난 시간을 재현하는 과정 안에 사건이 연속적으로 혹은 일관성을 띄어야 한다. 그리고 이런 서사 안에는 스토리와 서사 담화가 있다. 스토리는 시간의 순서에 의해 서술되는 것이고 서사 담화는 전달되는 형태이므로 시간이 역행하거나 확장 또는 축약될 수 있다[1]. 작가는 시간을 역행하여 과거의 짧은 시간을 늘이기도 하고 긴 시간을 짧게 줄이기도 한다. 시간이 일정한 눈금으로 간다는 현재의 시간 개념과 다르다. 이런 방식은 서사를 극적으로 만들기 위한 장치다. 이렇게 시간을 늘이고 줄임으로서 작가는 자신이 의도한 메시지를 독자에게 전달한다.

예를 들면 장위동 이야기 중 <어떤 결혼식>에서는 과거의 경이 아버지 이야기를 하다가 훗날 경이 아버지를 만난다는

---

1) 서사학 강의 H 포터 애벗 문학과 지성사 2010

내용이 있다. 어릴 때의 장위동 이야기에서 갑자기 이십 대가 된 시간으로 훌쩍 지나버린다. 이것은 단 한 줄로 '훗날 내가 이십 대가 되었을 때 길거리에서 경이 아버지를 한 번 본 적이 있었다.'로 시간을 축약해 버린다.

반대로 <겨울 단상>은 시간을 길게 늘인 서사다. 주차장에서 모자가 택배 배달을 하는 1시간 안의 이야기는 몇 줄이 아니라 몇 단락의 비중을 두어 길게 늘였다. 불필요한 부분은 자르고 중요한 부분은 길게 늘인다. 이것은 작가가 효과적인 서사를 만들기 위해 시간을 어떻게 다루는가를 보여준다고 하겠다.

수필은 과거를 재현하기에 적당한 서사 담화다. 수필가는 현재와 과거를 수필 안에 나름의 방식으로 담아내는데 현재에서 과거를 거슬러 올라가 사건을 자신의 방식에 따라 재현한다. 주제를 먼저 제시하고 스토리를 예시로 보여주는 방식으로 하기도 하고 사유에 따라 현재와 과거를 교차적으로 넘나들기도 한다. 손영란의 수필은 사유에 따라 현재와 과거를 교차적으로 보여주며 서사에서의 시간성을 잘 활용하고 있다.

추억 속의 그 집

불광동! 그 집이 생각난다. 희미한 내 기억에 의하면 버스를 갈아타고 꼬불꼬불한 고개를 넘어 그 집에 갔던 것 같다. 버스에서 내려 한참을 걸어 올라갔던 경사진 언덕이 떠오르고 좁은 골목이 생각난다. 지대가 높아서 마을이 훤히 내려다보이던 골목 끝 막다른 집. 손톱에 빨갛게 물들였던 봉숭아 꽃물의 기억. 그리고 희끗한 머리카락을 날리며 아스라이 작아질 때까지 손을 흔들고 서 있던 여인의 모습도 떠오른다.

– 추억 속의 그 집 일부 –

<추억 속의 그 집>은 서사에서 시간성이 중요하다는 것을 보여준다. 이 작품은 현재 – 과거– 현재의 순으로 되어있는데 과거 안에서도 과거와 약간의 시간이 더 흐른 과거가 존재한다. 실수로 잘 못 들어선 불광동에서 작가는 수십 년 전 친구와 갔던 그 집에 대한 기억을 떠올린다. 현재에서 갑자기 몇십 년 전으로 시간이 이동한다. 그러나 고층 아파트가 들어선 불광동에서 옛 동네의 모습은 찾을 수 없다. 작가는 다시 옛 동네를 떠올린다. 버스에서 내려 한참을 올라갔던 경사진 언덕을 떠올리고 좁은 골목을 떠올린다. 그 골목

에 있는 집을 기억해 내고 그때 들인 봉숭아물을 생각한다. 그 다음에야 잉그리드 버그만을 닮은 친구를 떠올린다. 작가가 불광동에서 친구를 떠올린 기억의 재생 순서를 정리한다면 다음과 같다.

1. 길을 잘못 들어선 도로 (현재의 불광동) → 2. 언덕길 끝에 있는 막다른 그 집 (과거의 불광동) → 3. 봉숭아 꽃물 (과거의 그 집) → 4. 손을 흔들던 여인 (과거의 그 집) → 5. 잉그리드 버그만을 닮은 친구 연이(과거의 영화배우)

불광동이라는 지역은 과거나 현재나 같은 지역에 있지만 시간에 따라 성격이 달라진다. 현재의 불광동은 고층 아파트가 들어선 지역이고 과거의 불광동은 언덕길을 올라가 경사진 골목 끝에 위치한 연이 어머니의 집이 있는 곳이다. 작가는 불광동에서 옛 추억을 떠올리는데 바로 친구를 떠올리지는 않는다. 친구를 맨 나중으로 놓고 그 사이에 여러 장면을 떠올리도록 공간과 사물을 제시한다. 언덕, 골목, 버스, 손톱, 손, 여인을 거쳐 그 집에 대한 서사를 구성한다. 이런 일련의 작업은 서사를 더욱 정교하게 구축하는 구성물이 된다. 친구를 떠올리는데 과거의 공간과 사물을 재

추억 속의 그 집

배치함으로서 친구 연이에 대한 관심을 자연스럽게 이끌고 독자에게 과거의 공간으로 들어갈 심리적 여유를 제공한다. 이는 서사가 단순히 스토리만으로 이루어진 것이 아니라 작가가 과거의 시간을 재창조해 낸다는 것을 보여주는 예라고 하겠다.

이 작품은 인식의 전환이 있는 서사다. 작가는 서사 안의 과거를 두 개의 사건으로 나누어 서술한다. 연이라는 친구의 어머니 집을 찾아갔던 일과 그 후 연이의 아버지 장례식이 있었던 일이다. 이 두 개의 사건은 동일한 친구 연이에 대한 이야기지만 작가의 인식이 다르다. 처음 친구의 가족사를 모를 때 보았던 모녀의 모습과 연이 아버지의 장례식으로 그들의 특이한 가족사를 알게 된 후 연이의 큰어머니에 대한 인식이다. 처음에는 일반적인 모녀 사이로 알고 있어서 다정한 모녀에 대하여 별다른 인식은 없다. 그러나 사실을 알고 난 후 연이와 큰어머니와의 이상한 관계에 대하여 작가는 '세상은 상식만으로 이해할 수 없다'고 말한다. 친구 연이와 큰어머니와의 묘하고 아름다운 관계를 인식했기에 작가는 불광동 그 집을 잊지 못한다. 그래서 그 집에서 손을 흔들던 흰머리가 희끗한 여인이 손을 흔들던 그 장면이 마치 한 장의 사진처럼 기억에 찍혀 있던 것이다. 즉. 손영란 작가는 과거 안에서 시간의 층위와 인식을 달리 배치하여 연이와 큰어머니의 서사를 아름답게 서술하고 있다.

2. 대상 보여주기

역사 이후로 이미지는 강한 힘을 발휘해 왔다. 선사시대 그려진 프랑스의 라스코 동굴벽화부터 인스타그램이나 유튜브 등 SNS 안에서 살아가는 현대까지 이미지는 재료만 달리했을 뿐 정보를 전달하는 역할에서 중요한 자리를 차지한다. 시각이 우리의 인식을 받아들이는 것에 지대한 역할을 하기 때문이다. 요즘은 '비주얼 리터러시'라는 말도 나온다. 시각 이미지를 읽고 시각언어와 소통하며 비판적 사고로 시각 이미지와 텍스트를 해석하는 능력이다. 이미지를 통하여 전달하는 바를 읽어내는 것에 끝내지 않고 비판적으로 사고하며 공감하고 소통하는 시대다.

이런 시대에 수필에서의 보여주기는 어떤 방식으로 독자

와 소통해야 할까. 수필에서도 이미지를 보여주는 것은 매우 중요하다. 작가는 시각적 이미지를 어떻게 텍스트로 전달할 것인가를 고민해야 한다. 상황 묘사, 인물 묘사, 풍경 묘사를 한다면 어떤 방식으로 접근해야 할 것인가를 염두에 두어야 한다.

<겨울 단상>은 영화에서 '롱테이크' 기법처럼 쓰여진 수필이다. 카메라가 '컷' 없이 긴 시간 동안 한 장면을 촬영하는 기법이 롱테이크(Long Take)다. 이 기법은 카메라가 보여주는 영상을 통해 관객이 그 상황을 해석하게 한다. 어떤 설명도 없이 교훈도 없이 그냥 보여주기다.

주차장으로 택배 트럭이 들어온다. 눈길을 기어 오는 듯한 트럭을 보고 나는 커피잔을 탁자에 내려놓는다. 이 눈 속에 택배 배달이라니. 두껍게 눈을 뒤집어쓴 채로 느릿느릿 주차하는 트럭.

간신히 세운 차에서 젊은 청년이 내린다. 청년은 내리는 눈을 맞으며 배달할 상자들을 내린다. 저 많은 상자를 이 눈 속에 언제 다 배달을 하려나.'내 눈이 더 난감해진다.

그때, 눈을 잔뜩 뒤집어 쓴 검정색 승용차 한 대. 그 차

역시 천천히 기어들어와 택배 트럭 옆에 나란히 차를 세운다. 이윽고 나이가 들어 보이는 중년의 여성이 내리더니 차에서 커다란 카트를 꺼낸다. 무엇을 하려는 건가 생각하는 순간 여성은 눈 속에 놓인 택배 상자들을 카트에 담기 시작한다. 택배기사는 아들이고 눈 속에 따라와서 배달을 도와주는 이는 그의 모친으로 보인다. 그러고 보니 우리 단지에 매일 들어오는 택배차라 늘 마주치던 청년이란 것이 떠오르고 다른 날은 혼자서 배달했다는 생각이 든다.

중략

눈은 연달아 어머니와 아들의 머리 위로 쏟아진다. 어머니와 아들은 오랫동안 이집 저집에 물품을 배달하고 있다. 평소라면 일찍 끝났을 테지만 눈 때문에 오늘은 일을 마치는 시간이 꽤 많이 걸린다. 나도 다른 일도 못하고 모자를 지켜본다.

이윽고 배달을 마친 모양이다. 모친이 아들의 머리에 쌓인 눈을 털어주며 토닥여 준다. 아들은 트럭으로 어머니는 승용차로 들어가 시동을 켠다. 트럭이 출발하고 뒤이어 모친이 탄 검정 승용차도 뒤따라 아파트를 빠져나간다. 남은 물량을 배달할 곳으로 어머니 역시 따라가는 것 같다.

– <겨울단상> 중에서 –

추억 속의 그 집

<겨울단상>은 눈 내리는 날 커피를 마시며 창밖을 바라보는 것으로 시작한다. 따뜻한 집 안에서 눈이 내리는 것을 감상하던 화자는 주차장으로 택배 차량이 느릿느릿 들어오는 것을 포착한다. 이때부터 작가는 자신의 감정보다는 카메라 촬영기법처럼 창 밖의 풍경에 초점을 맞추어 독자에게 자신이 보고 있는 상황을 묵묵히 보여준다.

 처음 커피를 마실때 까지만 해도 눈 내린 창밖의 풍경이 낭만적으로 다가왔을 것이다. 그러나 주차장으로 트럭 한 대가 들어오면서 작가의 감상은 관찰로 바뀐다. 트럭에서 내린 사람은 택배 청년으로, 검은색 승용차에서 내린 사람을 중년의 여성이라고 서술한다. 그러나 이들의 행동을 보고 화자는 아들과 어머니로 서술한다. 택배 청년과 중년의 여인이 택배 물건을 나르는 상황은 가족이라고 밖에는 볼 수 없는 상황이다. 연인 사이도 아니고 오누이 사이도 아니라면 모자지간이 틀림없을 것이기 때문이다.

 화자는 다른 일도 못하고 모자가 일을 끝낼 때까지 꽤 진지하게 지켜보며 독자에게 상황을 전달한다. 미려한 수사적 기법도 없이 담담하게 눈 내리는 날의 모자를 스케치한다.

작가는 이 둘을 지켜보며 어머니의 모성애에 대하여 말하지 않는다. 덕분에 독자는 책상에 앉아 이 광경을 상상하기만 하면 된다. 구구절절 친절하게 이건 이렇고 저건 저렇다고 나서지 않음으로써 판단을 독자에게 넘긴다.

또한 <겨울 단상>은 대상과의 거리 조절이 잘 된 작품이다. 수필에 있어서 중요한 것 중의 하나가 대상과의 거리 조절이다. 수필은 대상과의 심리적 거리에 따라 작품이 달라진다. 내 스승인 손공성 수필가는 수필에 있어서 대상과의 거리 조절에 대하여 '거리를 너무 가깝게 잡으면 대상의 본질이 왜곡될 뿐 아니라 감상에 빠지기 쉽고 너무 멀리 잡으면 차디찬 글이 되기 쉽다'고 했다. 대상과의 거리 조절이 중요하다 하겠다.

작가는 아파트 베란다 창을 통해 모자의 움직임을 묘사하고 자신의 감정을 절제하여 서술한다. 그렇다고 아주 차갑게 묘사만으로 끝내지 않는다. 눈 내리는 날의 모자를 묘사한 후 코끝이 찡해 온다고 마지막에 한마디를 넣고 끝냄으로써 간결하게 마무리 짓는다. 아마 화자도 자신의 엄마를 떠올려 코끝이 찡해졌으리라고 짐작하지만 화자는 코끝이 찡해진 이유를 생략한다.

비주얼 리터러시가 중요한 것은 이 부분이다. 보이지 않는 부분, 감춰진 부분을 읽어내는 능력이다. 감정을 생략하여 서사를 성공적으로 이끄는 기법이다. 꽤 오래 여운을 남기는 작품이다.

3. 서사의 힘 / 장위동 사람들

서사가 주는 장점 중의 하나는 스토리를 통해 집중을 하게 만든다는 점이다. 마케팅에서도 스토리를 통해 매출을 끌어내는 사례가 많다. SNS에는 카페를 창업하면서 카페를 하게 된 개인적인 스토리를 올려 잘 되는 가게들이 있거나 스토리를 입혀 관광지가 된 곳도 있다. 거제의 매미성은 태풍 매미로 인해 피해를 입은 것을 계기로 주민 한 사람이 직접 성을 쌓게 되면서 사람들의 입소문으로 관광지가 된 것이다. 아이러니하게도 성을 쌓은 사람은 이득이 없어 보이는데 주변 상가들은 북적이는 관광객들로 인해 이득을 본다. 그렇더라도 무엇이든 스토리를 입혀야 주목을 받는다는 것을 알려준다.

손영란 작가는 서사에 강하다. 특히 장위동 이야기는 흥미로운 이야기들로 구성되어 있어 읽는 즐거움을 주는 작품들이다.

그래도 가끔 금이 엄마나 우리 엄마는 우물로 마실을 가곤 했다. 아주머니들은 우물가에만 나오면 할 이야기가 무궁무진하게 많았다. 누구네 집에는 뭐가 새로 들어왔다는 둥, 누구네 집은 부부싸움을 하다가 밥솥을 집어 던졌다는 둥 동네의 소문은 우물가에서부터 시작됐다. 동네 한 가운데 자리한 우물은 온 동네 사람들의 비밀을 거의 다 알고 있는지도 몰랐다.

– <우물가 이야기> 중에서 –

1980년대까지 우물가는 동네 사람들의 광장 역할을 하는 곳이었다. 우물을 중심으로 사람들이 모여들었고 마을의 소식이 전해졌다. 펌프가 들어오기 전까지 우물은 식수를 공급하는 것 이상의 역할을 했던 곳이다. 약속 장소이기도 하고 모든 소문의 근원인 마을의 사랑방 역할을 하는 곳

추억 속의 그 집

이었다. 엄마들은 이곳에서 새로운 소식을 듣기도 하고 부부싸움을 흥미롭게 이야기하는 곳이기도 했다. 그래서 작가는 우물이 마을의 비밀을 다 알고 있는지 모른다고 서술한다. 그러나 모든 비밀의 원천이지만 비밀은 누설되기 마련이다. 결국 마을 사람들이 다 알게 되기도 한다. 통장집 아저씨 집에 여자가 드나들거나 노랑머리 새댁이 돈을 갖고 도망간 이야기도 이 우물가에서 나왔을 것이다.

작가는 우물을 중심으로 서사의 뼈대를 만들었다. 구멍가게를 하는 주인집인 순이네와 친구 금이 이야기와 노랑머리 새댁과 뻔뻔하게 여자를 들인 경이 아버지, 통장집 이야기는 우물가에서 나온다. 우물에서 퍼진 소문을 중심으로 골격을 만들고 각각의 스토리에 당시의 묘사를 입힌다. 이야기는 마치 흑백 사진을 보는 듯하다. 작가의 가난한 집안 형편과 동생들을 돌보느라 지친 친구 금이의 모습을 묘사한다. 남자애들이 개구리를 굽는 모습도 보이고 순이네가 집을 팔면서 세 들어 살던 사람들의 처량한 모습들도 보인다. 그러나 작가는 누구를 피해자의 위치에 놓거나 혹은 가해자의 위치에 놓지도 않는다. 담담히 자신이 기억하는 모습들을 묘사할 뿐이다.

　예를 들면 금이의 등에 매달린 동생의 머리가 '폴짝' 같이 뛰었다고 서술한다. 이렇게 기막힌 묘사가 있을까 싶다. 사실적 묘사와 심정적 묘사가 어우러진 문장이다. 동생을 업고라도 놀고 싶은 금이와 그것을 보는 어린 작가의 마음에도 느껴졌을 동생에 대한 무게감이 전해진다. 해가 저무는 시간, 동생을 업고 가는 금이의 실루엣이 떠오른다고 서술한 부분에서 우리에게도 금이에 대한 애잔한 마음이 전해지는 것이다. 작가는 친구가 그립다거나 불쌍하다고 말하지 않는다. 대신 친구의 실루엣을 떠올리며 친구의 등에 얹힌 삶의 무게를 독자가 느끼게끔 한다. 이것이 바로 손영란 수필의 매력이다.

　손영란의 수필은 건강하고 따뜻하고 밝다. 나는 손영란 작가가 누군지 모른다. 그러나 손영란의 수필을 읽으면서 작가가 어떤 사람인지 조금은 알 것 같다. 수필을 보면 그 사람이 보이기 때문이다. 겨울 단상에서 택배 청년과 어머니의 모습을 외면하지 못하고 지켜보는 사람, 친구 연이의 큰어머니가 손을 흔들던 모습을 잊지 못하는 사람, 친구 금이의 등에 얹힌 삶의 무게를 애잔하게 보는 사람. 그런 사람이 손영란 작가다.

손영란 수필집

추억 속의 그 집

초판 1쇄 발행   2024년 10월 10일

저   자   손영란

펴 낸 이   박숙현
편   집   김종경
표 지 디 자 인   소산이

펴 낸 곳   도서출판 별꽃
출 판 등 록   2022년 12월 13일 제562-2022-000130호
주   소   경기도 용인시 처인구 지삼로 590 CMC빌딩 307호
전   화   031-336-8685
팩   스   031-336-3132
E - m a i l   booksry@naver.com

ISBN 979-11-94112-07-5 (03810)

· 이 책은 용인특례시, 용인문화재단의 2024년도 문화예술공모지원사업을 지원받아
  발간되었습니다.